La
MISIÓN
Secreta
y ALUCINANTE
de Gertie

La MISIÓN Secreta y ALUCINANTE de Gertie

Kate Beasley

Ilustraciones de Jillian Tamaki

PUCK

Argentina – Chile – Colombia – España
Estados Unidos – México – Perú – Uruguay

Título original: *Gertie's Leap to Greatness*
Editor original: Farrar Straus Giroux Books for Young Readers, New York
Traducción: Victoria Horrillo Ledezma

1.ª edición: Abril 2018

Text Copyright © 2016 *by* Kate Beasley
Ilustrations copyright © 2016 by Jillian Tamaki
All Rights Reserved
Publicado en virtud de un acuerdo con Folio Literary Management, LLC
e International Editors' Co.
© de la traducción 2018 *by* Victoria Horrillo Ledezma
© 2018 by Ediciones Urano, S.A.U.
Plaza de los Reyes Magos 8, piso 1.º C y D – 28007 Madrid
www.mundopuck.com

ISBN: 978-84-96886-73-5
E-ISBN: 978-84-17180-58-4
Depósito legal: B-5.905-2018

Fotocomposición: Ediciones Urano, S.A.U.
Impreso por: Rodesa, S.A. – Polígono Industrial San Miguel
Parcelas E7-E8 – 31132 Villatuerta (Navarra)

Impreso en España – *Printed in Spain*

Índice

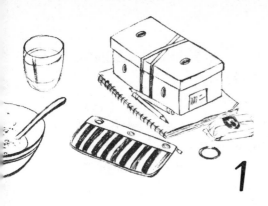

1

Un engendro de la ciencia

La rana toro solo estaba media muerta, lo que era perfecto.

Agazapada en la oscura alcantarilla del camino de entrada, miraba a Gertie Reece Foy con un brillo trágico en la mirada, como si supiera que su cara sería la última cosa bonita que vería en su vida.

Gertie metió la cabeza y los hombros en la alcantarilla y agarró a la rana, cuyas gordas patas quedaron colgando por encima de sus dedos.

Corrió a la casa y empujó la puerta de la cocina con la espalda. Dejó la rana en la encimera y abrió de golpe el cajón que contenía todos los utensilios de cocina raros y emocionantes. Rebuscó entre los ralladores de queso, los abrebotellas y las pinzas, levantando la vista a cada segundo para asegurarse de que la rana no se había movido o, mejor aún, que no se había *muerto*.

—¿Qué está pasando ahí? —chilló tía Rae desde el cuarto de estar.

—¡Nada! —Gertie sacó del cajón la perilla que usaban para rellenar el pollo.

Introdujo el dedo índice entre los labios de la rana (si es que podía llamárselos «labios»), le metió la perilla en la boca y apretó la goma azul del otro extremo para que le entrara oxígeno en los pulmones.

El aire pareció reanimar a la rana al instante, o puede que estuviera menos muerta de lo que creía Gertie, porque de pronto saltó hacia el borde de la encimera. Gertie se abalanzó hacia un lado y la tapó con las manos.

—Ya está, ya está —dijo—. Ya estás a salvo.

Miró a la rana por entre sus dedos y la rana la miró a ella. Los globos oculares parecían temblarle de gratitud. O quizá fuera de rabia. No era fácil saberlo.

Gertie agarró a la rana con las dos manos por el medio, le dio media vuelta y chocó contra una barriga blanda y floreada.

—¡*Uf!* —exclamó tía Rae, y miró pestañeando a la rana que Gertie tenía en las manos—. ¿Se puede saber qué estás haciendo?

—La he resucitado. —Gertie se pegó la rana al cuerpo.

Tía Rae se acercó a la rejilla de ventilación del suelo de la cocina y el vestido que se ponía para estar en casa se le infló alrededor de las piernas.

—¿Qué?

—Que la he *resucitado* —repitió Gertie—. O sea, que le he devuelto la vida.

—Ya *sé* lo que significa. —Balanceándose, tía Rae cambió el peso del cuerpo de un pie al otro—. Pero *¿por qué* has resucitado a una rana tan fea? Es lo que no comprendo.

Gertie suspiró. Pasaba mucho tiempo explicando cosas que deberían ser evidentes para todo el mundo.

—La he resucitado para que se convierta en un milagro de la ciencia —respondió.

—Ah, ya. —Tía Rae arrugó la nariz, mirando la rana—. Pues a mí me parece más bien un engendro de la ciencia.

Gertie ahogó un grito de sorpresa.

—¡Dios mío!

—¿Qué pasa?

—¡Tía Rae, eso es todavía mejor!

El engendro de la ciencia se retorció entre sus manos y Gertie trató de apretarla con más fuerza, aunque no con tanta como para que se le saltaran los ojos y cayeran al suelo.

—Tengo que meterla en una caja, tía Rae —dijo—, antes de que le rueden los ojos por el suelo y tengamos que volver a pegárselos.

—¿Por qué tendríamos que...? —comenzó a decir tía Rae.

—¡Por favor! ¡No tengo tiempo de explicarte todos los detalles!

—Bien, bien. —Tía Rae se alisó la falda del vestido—. Pero quiero que limpies mi encimera con lejía cuando acabes, ¿me has oído?

Gertie metió a la rana en una caja de zapatos con un buen montón de hojas mojadas. Luego aseguró la tapa con una goma y salió al porche. La Zapper 2000, una lámpara matabichos tan grande que podía freír crías de dragón, colgaba de las vigas.

La Fase Uno de la misión había empezado con buen pie.

Gertie siempre tenía una misión entre manos, como mínimo, y nunca *jamás* dejaba una misión a medias. Daba igual que no fuera la más rápida, la más lista o la más alta; lo que de verdad importaba, lo que convertía a Gertie en una fuerza de la naturaleza, era que jamás se daba por vencida. Jamás. Su padre solía decir que era como un bulldog con un neumático entre los dientes.

Gertie estaba pensando en imprimir aquella frase en unas tarjetas de visita. Así podría repartirlas entre la gente.

Se agachó bajo la luz azulada de la lámpara fluorescente y recogió un puñado de mosquitos muertos que había por el suelo. Mientras lo hacía, las cigarras y los grillos comenzaron a cantar su serenata nocturna. Gertie se levantó y contempló el atardecer del último día de las vacaciones de verano.

Con aquellos mosquitos tan sabrosos, seguro que al día siguiente la rana estaría gorda y croaría de lo lindo. Y a Gertie no le cabía ninguna duda de que, llevando consigo una rana gorda y ruidosa, la suya sería la mejor exposición sobre las vacaciones de verano de todos los alumnos del Colegio de Enseñanza Primaria Carroll.

Flexionó los dedos de los pies sobre el borde de los tablones del porche.

Ella, Gertie Reece Foy, iba a ser la mejor alumna de quinto de todo el colegio. ¡Del mundo, del universo entero!

Y esa era solo la Fase Uno.

2
Estás en mi sitio

Gertie tenía un buen motivo para querer ser la mejor alumna de quinto del mundo entero. Dos días antes de resucitar a la rana toro, le había pasado algo muy gordo. Había visto una señal.

No una Señal de esas con *S* mayúscula que la gente veía en las bolas de cristal o en las hojas del té, o en las manchas de moho que le salen al queso. No. La señal que había visto Gertie era un cartel de la Inmobiliaria Sol.

El cartel estaba delante de la casa en la que vivía la madre de Gertie, y decía: *En venta, Inmobiliaria Sol.* Por esa razón, Gertie se había embarcado en la misión más importante de su vida hasta ahora. Y por eso, cuando se despertó la primera mañana de su quinto curso, se levantó de un salto, corrió al cuarto de baño y se lavó los dientes haciendo el doble de espuma delante del espejo.

Gertie tenía el cabello castaño y lo llevaba siempre recogido en una coleta que le salía justo de la coronilla, lo que favorecía que la sangre afluyera a la cabeza. De ahí que tuviera tantas ideas. También tenía la nariz tirando a grande y la barbilla puntiaguda. Tenía pecas en la cara y codos en los brazos. O sea que presentaba el mismo aspecto de siempre.

Señaló con el cepillo de dientes su imagen reflejada en el espejo y dijo:

—Este es tu momento.

Y después se limpió la barba que le había dejado la pasta de dientes.

En su habitación, se puso unos pantalones cortos, su camiseta azul preferida y las sandalias con un descuento del veinticinco por ciento que le había comprado tía Rae. Después, se abrochó su cadena de oro alrededor del cuello, dejó el colgante (un guardapelo) por fuera de la camiseta y agarró la caja de zapatos. Le gustó sentir su peso. No había nada tan reconfortante —se dijo— como el peso de una rana toro bien sana y lustrosa.

Cuando entró en la cocina, tía Rae le pasó un paquete de pastelitos rellenos de nata Twinkies y Gertie lo sujetó al vuelo con la mano libre. Salió por la puerta mosquitera, se paró y esperó, ladeando un poco la cabeza.

—¡Dales duro, cariño! —gritó tía Rae.

Gertie se tocó la frente con la caja de Twinkies a modo de saludo y dejó que la puerta se cerrara de golpe tras ella.

En el autobús se sentó con uno de sus dos mejores amigos. Se llamaba Junior Parks.

Junior era muy nervioso y eso debía de quemar muchas calorías, porque era el niño más flaco de la clase. Era tan flaco que algunos decían que tenía lombrices, y no las tenía, pero Gertie habría sido amiga suya aunque las tuviera, porque no le daban asco las lombrices.

Seguramente Junior era tan nervioso debido a su nombre. No se llamaba Michael Parks Junior, o Benji Parks Junior. Su padre se llamaba Junior Parks. Así que Junior se llamaba Junior Parks Junior.

Él siempre se presentaba como Junior Parks Segundo, pero aun así todo el mundo lo llamaba Junior Junior.

—¿Qué llevas en la caja? —preguntó Junior en cuanto Gertie se sentó.

Junior siempre se fijaba en los pequeños detalles. Le preocupaba que cualquier cosa nueva pudiera ser un peligro para él. Seguramente en ese momento tenía miedo de que la caja contuviera algo espantoso, como una mano cortada o una rata muerta, o un bonito regalo para todos los alumnos de la clase, menos para él.

Gertie se apoyó la caja de zapatos sobre el regazo y dio unas palmaditas en la tapa.

—Tienes que esperar para verlo, ¿de acuerdo?

Le dio un mordisquito a un Twinkie. La mayoría de la gente pensaba que los Twinkies estaban rellenos de nata y ya está, pero Gertie detectaba un ligero sabor a limón.

Junior empezó a mordisquearse el labio.

Gertie cedió. Solo un poquito.

—Es para mi exposición sobre las vacaciones de verano.

Junior se quedó asombrado y empezó a dar golpecitos con el pie en el asiento de delante.

—Se me había olvidado la exposición —dijo con un hilillo de voz.

—¿*Cómo* puede habérsete olvidado algo tan importante? —preguntó Gertie.

El primer día de curso, todas las clases del Colegio Carroll invertían la mañana en hacer exposiciones sobre las vacaciones de verano. Todos los alumnos se ponían delante de su clase y hablaban de lo más interesante que les había pasado ese verano. Los maestros decían que las exposiciones no eran una competición, pero los alumnos sabían que en realidad sí lo eran.

En primer curso Gertie no sabía nada de las exposiciones, así que no había ido preparada. Había hecho la suya a trompicones, intentando que en el último segundo se le ocurriera algo jugoso que contar.

En segundo, había revisado cuidadosamente sus vacaciones y elegido el que sin duda *tenía* que ser el acontecimiento más interesante de todos: cuando se había comido quince ostras de una sentada sin vomitar. Pero ese fue el año en que Roy Caldwell se subió a un árbol y estuvo dos días allí subido, negándose a bajar para tener así la mejor historia que contar en el colegio.

En tercero, Gertie *debería* haber ganado con su relato acerca de lo que había sucedido en la plataforma petrolífera en la que trabajaba su padre. Esa sí que había sido una exposición alucinante.

Lo importante no era lo que uno contaba, sino cómo lo contaba. Una cosa era decir que tu padre trabajaba en una plataforma petrolífera, y otra bien distinta contar que habían saltado las alarmas porque una de las bombas tenía demasiada presión y que se habían tirado todos al mar infestado de anguilas y tiburones.

Por desgracia, ese fue el verano que a Ella Jenkins le extirparon el apéndice en el hospital, y tenía una cicatriz morada y regordeta para demostrarlo.

Y Gertie ni siquiera quería *acordarse* de las exposiciones de cuarto curso, cuando Leo Riggs se afeitó la ceja izquierda.

Este año, en cambio, iba a ser su año. Tenía que serlo. Se lamió los dedos para quitarse las últimas miguitas grasientas y amarillas del pastelillo cuando el autobús giró hacia la calle Jones y se deslizó hacia el borde del asiento.

Las casas de la calle Jones siempre le parecían impresionantes. La casa de tía Rae tenía la pintura descascarada y los marcos de las puertas torcidos. Aquellas casas, en cambio, tenían hileras de ladrillos muy rectas, gráciles columnas y aldabas de bronce que centelleaban en las altísimas puertas de entrada.

Pero eso no era lo más interesante de la calle Jones.

Lo más interesante de la calle Jones era que la madre de Gertie vivía allí. Se llamaba Rachel Collins.

El padre de Gertie, Frank Foy, decía que Rachel Collins se había marchado porque no era feliz y tenía que marcharse para descubrir si había otra cosa que la hiciera feliz.

A Gertie le parecía que aquélla no era razón para marcharse. A fin de cuentas, a ella no siempre la hacía feliz ir al colegio y tenía que ir de todas formas. Y nunca la hacía feliz ir a la iglesia y la tía Rae la llevaba a rastras. Y a veces se enfadaba muchísimo con tía Rae porque no la dejaba quedarse levantada hasta tarde o ir a la tienda de comestibles en pijama. Y aun así ella nunca había *dejado* a tía Rae.

Su padre le explicaba que la infelicidad de Rachel Collins era de otra clase. Que, para ella, estar con ellos era como llevar puestos unos zapatos muy apretados. Que podías caminar cojeando un rato, pero que cada vez te dolían más los pies, hasta que te dabas cuenta de que, si dabas un solo paso más con aquellos zapatos, se te caerían los dedos de lo espachurrados que los llevabas.

Gertie contestaba que había mucha gente que no tenía dedos de los pies y que se apañaba estupendamente.

Pero daba igual lo que pensara Gertie, porque Rachel había salido de su vida y de la de Frank y se había instalado en la casa más bonita de la calle Jones, una con un gran chopo en el jardín delantero y sobre cuyo césped recortado se alzaba ahora el cartel de la Inmobiliaria Sol.

El cartel seguía diciendo *En venta*.

Gertie suspiró y se recostó en el asiento del autobús.

La casa de Rachel Collins estaba en venta porque Rachel iba a mudarse, e iba a mudarse porque se iba a casar con un tal Walter que vivía en Mobile y que ya tenía hijos. En el pueblo no se hablaba de otra cosa.

Casi todos los niños se habrían puesto tristes si su madre fuera a casarse con un desconocido llamado Walter y a marcharse para siempre y ni siquiera se hubiera molestado en decírselo, pero Gertie no era como casi todos los niños.

No estaba triste, ni un poco, porque tenía un plan. Mejor aún: tenía una misión.

Se tocó la camiseta para que el guardapelo le recordara lo que tenía que hacer. En cuanto hiciera la mejor exposición sobre el verano y ocupara el lugar que le correspondía como la mejor alumna de quinto curso del mundo, lanzaría la Fase Dos. Iba a devolverle el guardapelo a su madre. Se presentaría en el porche de su casa rodeada por una aureola de grandeza y, balanceando la cadena del guardapelo, le diría airosa como una tempestad: *No quería que te olvidaras de esto al hacer las maletas.* Y entonces Rachel Collins se daría cuenta de que Gertie Foy era cien por cien asombrosa (y, además, no procedente de concentrado) y de que de todos modos no le hacía ninguna falta tener madre. Toma ya.

Gertie dio unas palmaditas a la caja de zapatos.

—Es una rana toro —le dijo a Junior en voz baja para que los otros niños no lo oyeran.

—¡Cielos! —Junior puso aún más cara de pena—. Seguro que tu exposición va a ser de las buenas.

A Junior no se le daba bien exponer en clase. Se ponía tan nervioso que empezaba a lanzar patadas sin ton ni son y acababa volcando las mesas y haciéndote moratones en las rodillas. A ella, en cambio, se le daba genial hablar en público porque practicaba continuamente delante del espejo del cuarto de baño.

—Va a ser la mejor —afirmó.

Mientras iban hacia su nueva aula, Gertie procuró no tapar con los dedos los agujeritos que había hecho en la caja para que respirase la rana.

Se abrió paso entre sus ruidosos compañeros de clase y dejó la caja encima de una mesa de la primera fila. Junior puso su mochila en la silla de al lado y, aunque había dejado de andar, siguió balanceando los brazos adelante y atrás.

Sus compañeros estaban eligiendo sitio, saludando a los amigos a los que no habían visto en todo el verano y colocando su material nuevo en las taquillas. Jean Zeller acababa de afilar unos lápices en el sacapuntas de la clase.

Jean era la otra mejor amiga de Gertie, además de la persona más lista que Gertie había conocido nunca. Mucho tiempo atrás, Roy Caldwell y sus amigos la llamaron Jean *La Jenio* para burlarse de ella, y a Jean le gustó tanto aquel mote que empezó a escribirlo en lo alto de la hoja de los deberes.

Jean quitó de un soplido la viruta a la punta de los lápices afilados como cuchillos y se acercó a Gertie y Junior.

—Son del número dos —les informó blandiendo los lápices—. Me he asegurado de que fueran del número dos. ¿Cómo son los vuestros? —Entornando los ojos, miró el pupitre vacío de Junior.

—Eh... —Junior abrió la cremallera de su mochila y miró dentro—. ¿Amarillos?

Jean puso los ojos en blanco.

—No importa, he traído de sobra.

Jean ocupó el último asiento libre de la primera fila, justo al lado de Gertie.

Gertie estaba embutida entre sus dos mejores amigos, sosteniendo un lápiz nuevo y pensando que iba a cumplir su misión en un tiempo récord, cuando notó que algo se le clavaba en la nuca.

—Estás en mi sitio.

3
Chof

El dedo que se había clavado en el cuello de Gertie era huesudo y tenía la uña pintada de rosa. Pertenecía a una niña de pelo amarillo que tenía los ojos verdes y llevaba brillo en los labios.

—¿Me has oído? —preguntó la niña levantando las cejas—. Estás en mi sitio.

Gertie comprobó que *su* caja de zapatos y *su* rana estaban encima de *su* mesa antes de contestar.

—Aquí me he sentado yo —dijo.

—Sí, pero yo soy *nueva*. —La niña cruzó los brazos y empezó a dar golpecitos en el suelo con el pie mientras esperaba a que Gertie se apartara de su camino.

Los demás niños, que habían estado mirándose mutuamente las zapatillas nuevas y los cortes de pelo, miraron a la niña.

—Bueno, pues nosotros *no* —contestó Jean, y también cruzó los brazos.

El pie dejó de dar golpecitos.

—Pero podemos sentarnos en otro sitio —se apresuró a decir Junior, mirándolas a las dos—. Podemos sentarnos detrás o irnos a otra parte y..., y...

Gertie se lo quedó mirando hasta que a Junior se le secó la voz como si fuera una uva pasa.

—La señorita Simms *ha dicho* que podía sentarme aquí. —La niña sonrió—. Porque soy nueva. Necesito sentarme delante para enterarme bien de todo.

Los nuevos no eran los únicos que tenían motivos especiales para sentarse en la primera fila. Gertie, por ejemplo, tenía que sentarse delante porque no le gustaba tener que esquivar las cabezas de los demás cuando veían una película en clase. Y a Jean le gustaba sentarse en la primera fila porque así estaba segura de que los profes la veían cuando levantaba la mano. Junior Junior, en cambio, *odiaba* la primera fila, pero tenía que sentarse allí para estar con Gertie y con Jean.

—La señorita Simms no ha dicho eso —contestó Gertie.

—Sí que lo he dicho.

La nueva sonrió mirando a alguien que estaba detrás de Gertie. Gertie se giró lentamente y vio a una mujer que llevaba zapatos rojos de tacón alto. Echando la cabeza hacia atrás, miró la cara de su profesora nueva. La señorita Simms tenía los hombros cuadrados, gafas redondas y un hoyuelo en la barbilla. Miraba fijamente la cara de Gertie y sonreía. No con esa sonrisa tensa que se les pone a algu-

nos adultos cuando sonríen a un niño. La señorita Simms sonreía como si fueran amigas.

—Mary Sue no quería perderse nada. Es nueva este año. —La señorita Simms puso una mano en el hombro de Gertie—. Le he dicho que podía sentarse aquí. Los demás sitios de la primera fila están ocupados. No te importa cambiarte, ¿verdad?

A Gertie sí le importaba.

Pero quería que su nueva maestra supiera que era buena y simpática, porque lo era. La que *no era* simpática era la nueva.

Muy despacio, Gertie empezó a recoger su caja de zapatos.

—Gracias por tu comprensión —le dijo la señorita Simms con una sonrisa radiante.

—Ah, sí, gracias —dijo la nueva.

Era una de esas personas que se portan mejor cuando la profe está mirando.

—Si Gertie se cambia de sitio, nosotros también —dijo Jean, y recogió sus lápices del número dos.

Junior se levantó de un salto y volcó su silla.

Gertie levantó la barbilla al pasar junto a la nueva. Tal vez se hubiera quedado con su sitio en la primera fila, pero ella, Gertie, tenía dos grandes amigos, lo que era un billón de veces mejor.

La nueva se acomodó en su mesa y limpió la parte de arriba con la manga. Gertie la miró desde atrás con cara de rabia.

Aquella niña nueva era una robasitios.

En cuanto identificó lo que era aquella niña y le puso un nombre, se sintió mucho mejor. *Robasitios*, pensó en el tono más maligno que pudo imaginar, y se sintió todavía mejor.

—Soy la señorita Simms. —La nueva maestra de Gertie escribió su nombre en la pizarra blanca y le puso la capucha al rotulador con un *pop*—. Y estoy deseando escuchar todas las aventuras que habéis tenido este verano. —Miró la lista de clase—. Roy Caldwell, ¿quieres empezar tú?

Roy levantó el brazo izquierdo. Lo llevaba escayolado con una escayola que debía de haber sido de color verde lima en algún momento, pero que estaba tan cubierta de dibujos a rotulador que casi no se veía de qué color era. Seguramente se había roto el brazo a propósito para tener una buena historia que contar en clase.

Se puso delante de la clase y señaló su escayola.

—Me apuesto algo a que os estáis preguntando cómo me he hecho esto. Estaba viendo un documental en uno de esos canales educativos de la tele. No lo estaba viendo porque me apeteciera —añadió—, porque no me gustan los programas educativos. Son para perdedores.

Jean soltó una especie de siseo.

—No interrumpáis —dijo la señorita Simms—. Hay que ser respetuosos.

Roy se pasó la mano buena por el pelo y sonrió a Jean.

—Bueno, pues el documental era sobre lo que les pasa a los globos cuando suben flotando hasta la atmósfera. Que se rompen en mil cachitos, ¿sabéis? Pues pensé que podía probarlo con personas. Así que me compré en el Piggly Wiggly un montón de globos de esos del Cuatro de Julio y me até los cordeles a las presillas del cinturón…

—¿Y qué te dijo tu madre? —preguntó la señorita Simms.

Cuando era la profe la que hablaba, no era una interrupción.

—A mi madre le gusta que esté por ahí. Dice que me viene bien tomar el aire. Bueno, pues me puse más y más globos hasta que empecé a sentir que pesaba menos…

Gertie no quiso oír nada más. La exposición de Roy era muy buena. Demasiado, quizá. Apretó la caja de zapatos contra su pecho, y había empezado a balancearse suavemente cuando Ewan Buckley se atrevió a interrumpir.

—Mi madre me dijo que te habías roto el brazo cayéndote por la escalera —dijo Ewan.

—No interrum… —comenzó a decir la señorita Simms.

—¡Tú, cállate! —dijo Roy al mismo tiempo.

Se quedaron todos sin respiración.

—¡Roy! —La señorita Simms se puso de pie de un salto sobre sus tacones rojos.

—¡Perdón! No se lo decía a usted, señorita Simms. —Roy se puso blanco, blanco de verdad, algo que Gertie solo había leído en los libros—. ¡Se lo decía a Ewan! Yo…

—Siéntate, Roy. Siéntate ahora mismo.

—A usted nunca la mandaría callar —insistió Roy.

Gertie, que hasta ese momento no se había dado cuenta de que estaba conteniendo la respiración, soltó un largo suspiro. Roy había quedado eliminado de la competición.

—Gertrude Foy —dijo la señorita Simms llamando a Gertie.

Varios alumnos se rieron por lo bajo.

—Es Gertie. —Se levantó, avanzó por el pasillo y se puso delante de la clase—. En esta caja —dijo sin preámbulos— hay una rana.

Los demás dejaron de reírse por lo bajo.

Gertie dejó la caja sobre la mesa de la robasitios y la nueva se echó hacia atrás y puso cara de susto, como si le diera miedo que la rana saliera de un salto de la caja y le arrancara la cabeza de un mordisco.

—Esta rana estaba completamente muerta —siguió explicando Gertie— y yo, en nombre de la ciencia, la llevé corriendo a la cocina de mi tía Rae y usando solamente utensilios de cocina de los más corrientes conseguí devolverle la vida. Lo que la convierte —añadió y, quitando la tapa a la caja, tomó a la rana por las axilas y la levantó por encima de su cabeza— ¡en una rana zombi!

Levantó la rana en alto y todos miraron sus largas patas que arañaban los brazos de Gertie y su piel parda, que relucía al sol que entraba por la ventana.

—¡Jopé, sí que es grande! —dijo Ewan, y la señorita Simms estaba tan asombrada por lo mega alucinante que era la Rana Zombi que se olvidó de decirle que no interrumpiera.

—Algún día —dijo Gertie—, cuando tenga un laboratorio de verdad, devolveré la vida a la gente igual que hacía el doctor Frankenstein.

—Pero ¿seguro que estaba muerta *del todo*? —preguntó Ewan.

Lo esencial al exponer era saber cómo contar la historia.

—*Completamente* muerta. Muerta y requetemuerta.

Roy cruzó los brazos.

—¿Y *cómo* la resucitaste?

—Con la perilla de rellenar el pavo.

Roy se quedó mirando el techo pensativamente, con el ceño fruncido. Luego asintió con la cabeza.

—¿Podemos verla? —preguntó Leo.

Gertie paseó la rana por la clase para que todos pudieran ver sus ojos de resucitada. Cuando todos la hubieron admirado, volvió a guardar a la Rana Zombi en su caja y aseguró la tapa con la goma.

—Gracias, Gertie —dijo la señorita Simms, y, aunque no había cambiado de expresión, Gertie adivinó que le había gustado mucho su exposición.

La Fase Uno iba a ser un éxito fulminante.

Después de Gertie le tocó hablar a Ella Jenkins, que les contó que había ido a casa de su abuela, lo que no era tan genial, ni mucho menos, como una rana zombi.

La exposición de Junior dio pena verla.

—Ummm —dijo—. Bueno... —Se mordisqueó la uña del pulgar y estuvo tanto rato mirándose los zapatos que la clase empezó a reírse otra vez, y Junior encorvó los hombros.

—¿Has ido a algún sitio de vacaciones? —preguntó la señorita Simms.

Junior levantó los ojos y aventuró:

—¿A la playa, por ejemplo, o de acampada al monte?

—Exacto. —La señorita Simms sonrió.

—No —contestó Junior sacudiendo la cabeza—. No, no he hecho nada de eso.

Roy hizo una pedorreta pegándose la mano a la boca, y a Junior se le puso el cuello muy colorado.

—He pasado el verano en la peluquería de mi madre —dijo. Miró a la señorita Simms y apretó los labios con tanta fuerza que quedó claro que la maestra necesitaría una palanca para sacarle una sola palabra más.

—Muy bien. Gracias por compartirlo con la clase. —La señorita Simms miró su lista—. Mary Sue Spivey, ¿quieres seguir tú?

La robasitios se levantó y se puso de cara a la clase.

—Soy Mary Sue —dijo—. No sabía que íbamos a tener que decir algo. En mi colegio de California no se hace esto.

—¿Eres de California? —preguntó Leo.

—De Los Ángeles —contestó Mary Sue—. Mi padre es director de cine. Nos hemos mudado porque está rodando una peli nueva de Jessica Walsh cerca de aquí.

—¡Ostras! —exclamó Roy, y dio un golpe en la mesa con la escayola—. ¿Conoces a *Jessica Walsh*?

Todos miraron boquiabiertos a Mary Sue. Jessica Walsh tenía su propia serie de televisión, su propia colección de pendientes de pegatina y su propio champú con olor a algodón de azúcar.

Mary Sue los miró a todos, sentados al borde de sus sillas.

—Claro que sí —contestó levantando un hombro—. Mi padre es Martin Lorimer Spivey. Ha dirigido un montón de películas de Jessica Walsh. Está rodando en Alabama, por eso me ha traído a vivir aquí. —Se sacó un móvil del bolsillo y empezó a toquetear la pantalla—. Creo que tengo una foto con ella por aquí.

La señorita Simms no le dijo que llevar un teléfono a clase iba contra las normas. Al contrario, se acercó a mirar por encima del hombro de Mary Sue.

—Vaya, pero si es ella de verdad —dijo.

Mary Sue pasó el teléfono.

Gertie miró la foto de Mary Sue Spivey junto a la famosísima estrella de cine de doce años y luego le pasó el teléfono a Jean.

—Seguro que tendrás muchas historias que contarnos —dijo la señorita Simms—. Seguiremos hablando más adelante.

La exposición de Mary Sue había sido interesante, pero no porque *ella* fuera interesante, se dijo Gertie. La interesante era Jessica Walsh, pero todo el mundo cuchicheaba y estiraba el cuello para ver mejor a la nueva, como si la famosa fuera *ella*.

—Gracias a todos —dijo la señorita Simms cuando terminaron—. Ahora tengo la sensación de conoceros un poco mejor a todos. Mary Sue, como eres nueva, te aviso de que durante las horas de clase los teléfonos móviles tienen que estar apagados y guardados, por favor.

Gertie se animó un poco.

—Y Gertie —añadió la maestra—, creo que sería mejor que soltaras a esa rana tan impresionante durante el recreo, ¿no te parece?

—¿Qué? —Gertie agarró las esquinas de la caja—. ¿No puedo llevármela a casa y volver a dejarla en su alcantarilla?

—Estoy segura de que aquí estará igual de a gusto. —La señorita Simms miró a Roy con el ceño fruncido y dijo—: Seguro que le hace falta tomar un poco de aire fresco.

En el recreo, Gertie, Junior y Jean llevaron a la Rana Zombi al fondo del patio de juegos.

—¿Y si no sabe volver a casa y se pierde? —preguntó Gertie—. ¿Os imagináis lo horrible que sería? Perderte y que los coches casi te pasen por encima. Y luego, *chof.*

Junior se estremeció.

Gertie se paró junto a los árboles que había al lado de la valla medio caída que rodeaba el patio.

—Es verdad que es una rana impresionante. —Junior restregó un zapato contra las hojas caídas—. Es lo que ha dicho la señorita Simms. *Impresionante.*

Gertie confiaba en que la señorita Simms lo hubiera dicho sinceramente. Pero si de verdad le gustara tanto la Rana Zombi no querría que Gertie se deshiciera de ella, ¿no? Querría que se convirtiera en la mascota de la clase o algo así. Gertie había creído que tenía la Fase Uno en el bote, y ahora ya no estaba tan segura. ¿La exposición de Mary Sue había sido mejor que la suya? Tenía que estar totalmente segura de que la suya era *la mejor* antes de pasar a la Fase Dos.

—Es ridículo. —Jean se apoyó contra la valla—. Le cae bien a todo el mundo porque es nueva. —No hizo falta que dijera *a quién* se refería—. Y rica. Y famosa, más o menos.

La Rana Zombi se quedó mirando el pie que Junior no paraba de mover hasta que Gertie le dio un empujoncito, y entonces se alejó saltando hacia el bosque, dando unos saltos *impresionantes*. Gertie estuvo mirándola hasta que se perdió de vista. Confiaba en que fuera tan impresionante como para llegar saltando a un sitio mejor que aquel.

Al otro lado del patio se había congregado una pequeña multitud en torno a la niña nueva de pelo rubio. Era posible —se dijo Gertie— que Mary Sue Spivey no fuera solo una robasitios, sino algo todavía peor.

4

¿Quién es Mary Sue Spivey?

Al llegar a casa, Gertie cerró de golpe la puerta mosquitera para que tía Rae supiera que estaba en casa y saliera a recibirla. Se quedó esperando. Sola. En la cocina desierta. Bajó los hombros y agachó la cabeza, y el pelo de la coleta le cayó sobre la cara, y pensó que tenía que ser la cosita más triste que nadie había visto nunca.

Pero nadie la veía, porque nadie salió a recibirla.

Normalmente salía alguien a la puerta —su padre cuando estaba en casa, o tía Rae, o *alguien*— para decirle que se lavara las manos y se quitara la tierra del patio que se le acumulaba debajo de las uñas o preguntarle qué cosas importantes había hecho en el cole. Ese día, en cambio, justo cuando estaba a punto de sufrir una crisis nerviosa por culpa de una robasitios malvada que intentaba destrozarle la vida, nadie se interesó por ella.

Si tía Rae la quisiera de verdad, habría intuido que estaba triste, como esos perros que huelen el miedo y los terremotos y las invasiones alienígenas, y habría entrado en la cocina a todo correr gritando: «¡Gertie, tesoro! *¿Qué ocurre?*»

Gertie añadió el desapego de tía Rae a la larga lista de cosas que le habían salido mal ese día. Suspiró y cruzó la cocina arrastrando por el suelo la mochila.

Cuando entró en el cuarto de estar, Audrey Williams estaba tumbada cabeza abajo en el sofá. Los pies le asomaban por el respaldo y la cabeza le colgaba por el borde del asiento.

Tía Rae y Gertie cuidaban de Audrey unas horas, desde que salía de preescolar hasta que sus padres volvían de trabajar. Audrey estaba obsesionada con una serie de televisión que se titulaba *Los Walton* y que iba de una gran familia que llevaba ropa anticuada y hablaba todo el rato de cuánto se querían los unos a los otros. En opinión de Gertie, era la serie más aburrida del mundo.

—No deberías estar viendo la tele —dijo, porque era verdad que Audrey no debería estar viendo la televisión. Y porque, además, hacerse la responsable y la mandona la hacía sentirse mayor.

Los ojos de Audrey reflejaban las imágenes de la pantalla. Ni siquiera hizo amago de apagar la tele.

Suspirando, Gertie echó mano del mando a distancia, pero Audrey lo quitó de su alcance y se levantó de un salto. Gertie intentó agarrarla, pero Audrey la esquivó. Gertie se lanzó a por ella y Audrey agachó la cabeza y, dando un brinco, se subió a la mesa baja y volvió a subirse al sofá.

Cuando estuvo otra vez viendo la tele cabeza abajo, Gertie preguntó jadeando:

—¿Dónde está tía Rae?

Audrey señaló con un pie hacia el cuarto de la lavadora y Gertie se acercó a la puerta de mala gana.

—¡Por Dios! ¿Cómo puedes estar planchando en un momento así?

Tía Rae levantó la vista de la camisa que estaba planchando.

—Hola, Gertie, no te he oído entrar.

—Pues no entiendo por qué —repuso Gertie—, porque he cerrado con todas mis fuerzas.

—¿En serio? Entonces, a lo mejor tengo que reajustarme el audífono.

Se comportaba como si los sentimientos de Gertie y su propio desapego no le preocuparan lo más mínimo.

Le pasó la camisa a Gertie, calentita todavía de la tabla de planchar. Gertie suspiró y dobló la camisa por el medio.

Tía Rae se mecía adelante y atrás con el movimiento de la plancha.

Gertie dobló la camisa otra vez, y luego otra vez. Soltó otro suspiro.

Tía Rae siguió planchando.

—¿Es que no me oyes suspirar?

Tía Rae pareció sorprendida.

—Creía que lo que te pasaba es que hoy respirabas más fuerte de lo normal. ¿Te ha pasado algo en el cole?

Gertie dejó de doblar la camisa por la mitad e hizo con ella un rollo perfecto.

—Hemos hecho las exposiciones sobre el verano.

—¿Qué les ha parecido tu rana? —preguntó tía Rae—. Me apuesto algo a que era la primera vez que veían una rana resucitada, ¿verdad?

—Otra niña lo hizo mejor —dijo Gertie.

—¿Cómo que otra niña lo hizo mejor? —Tía Rae desenchufó la plancha de un tirón.

—La suya ha sido más… impresionante —contestó Gertie—. Y yo tengo que ser la persona más impresionante de mi clase.

—A mí ya me pareces impresionante. —Tía Rae le quitó la camisa de las manos, volvió a doblarla y apiló toda la ropa planchada en un cesto.

Gertie intentó consolarse con las palabras de su tía, pero no le bastaba con que *tía Rae* pensara que era impresionante. También tenía que demostrárselo a Rachel Collins.

—¿Qué puedo hacer para ser mejor persona?

—Podrías jugar con Audrey. Está muy mohína últimamente.

Gertie soltó un gruñido.

—Tía Rae, no puedo jugar con Audrey. Audrey tiene que jugar con los de su edad. —Le había explicado una y otra vez a tía Rae que lo único que tenían en común una niña de cinco años y otra de diez era que las dos tenían cejas—. Además, yo lo que necesito es ser más…, más…, como más…

Estiró los brazos y movió los dedos, intentando que tía Rae la entendiera.

Pero tía Rae se limitó a mirarla fijamente.

—Necesito ser mejor que Mary Sue Spivey —barboteó Gertie.

—¿Quién es Mary Sue Spivey?

—Una niña nueva, una idiota que me ha quitado el sitio —respondió Gertie de inmediato.

—Seguro que no es para tanto.

Tía Rae parecía empeñada en complicar las cosas.

—A Jean tampoco le cae bien —añadió Gertie.

—Pues Jean tampoco es un angelito, que digamos.

Tía Rae se llevó el cesto de la ropa.

A Gertie le traía sin cuidado que Jean fuera un angelito o no. De todos modos, no le interesaba hacerse amiga de ningún angelito. Pero aun así intentó pensar en algo para convencer a tía Rae de que Jean era una persona estupenda. Pensó, pensó y pensó.

—De todas formas…

—¿Y por qué quieres ser mejor que Mary Lou Spivey? —Tía Rae abrió la puerta del cuarto de Gertie con el trasero.

—Mary *Sue* Spivey.

—Bueno. —Dejó un montoncito de ropa encima de la cama—. ¿Por qué quieres ser mejor que ella?

Gertie era consciente de que a su tía no iba a gustarle aquella misión, porque no quería ni oír hablar de Rachel Collins. Cada vez que Gertie o que su padre la mencionaban, a tía Rae se le inflaban las aletas de la nariz, se levantaba del sofá dando un soplido y se ponía a limpiar la casa con tanta saña que ella se compadecía del polvo y la suciedad.

Gertie resolvió que no era buena idea hablar a tía Rae de su misión.

—Solo quiero caerle bien a la señorita Simms —contestó—. Me parece que no le caigo bien.

Siguió a su tía hasta el cuarto de estar. Tía Rae estiró el brazo hacia el respaldo del sofá e hizo cosquillas en la planta del pie a Audrey, que se puso a chillar y a patalear, lo que permitió a tía Rae robarle el mando y apagar la tele.

—Seguro que a tu profesora le caéis todos igual de bien —afirmó.

—Pero yo no quiero que le caigamos todos igual de bien —dijo Gertie—. Quiero ser yo la que le caiga mejor.

—De acuerdo —dijo tía Rae—. Seguro que le caéis todos igual de bien. Sobre todo, tú.

Pero tía Rae se equivocaba.

5
Qué va

Gertie se estuvo informando de cuánto se tardaba en rodar una película y resultó que se tardaba siglos. El señor Spivey, el famoso director de cine, estaría allí varios *meses* más.

Así que Jean y ella se pusieron manos a la obra, tratando de idear un plan para impedir que Mary Sue diera al traste con su misión. Como la Fase Uno había fracasado, había que posponer la Fase Dos, y eso era un lío porque Gertie no soportaba tener que esperar. Acabó teniendo una hoja entera de su cuaderno azul llena de ideas con el título «La Nueva Fase Dos». Tenía que encontrar la manera de poner fin al abominable dominio de Mary Sue como la reina de 5.ºB, la del brillo de labios. De ese modo podría pasar a la Fase Tres y convertirse en la mejor niña del mundo. Y, por último, a la Fase Cuatro, la devolución del guardapelo.

Pero de momento, para la Fase Dos, solo se les habían ocurrido ideas que no servían de nada. No podían, por ejemplo, mandar a Mary Sue por correo a los misioneros de Taiwán para que le enseñaran quién era Jesucristo, porque solo los sellos costaban más de lo que les daban de paga en un año entero.

Y tampoco podían convencer a todo el mundo de que Mary Sue era mala en el fondo, porque en el cole le caía bien a todo el mundo. Siempre estaba hablando de cómo era Jessica Walsh en la vida real, cosa que a Roy le parecía fascinante. Y siempre estaba preguntando en voz alta si a Gertie le habían salido verrugas por haber tocado a una rana, cosa que al resto de los niños les parecía tronchante. Y siempre andaba diciendo que antes iba a un colegio para niños superdotados, lo que a la señorita Simms le parecía de perlas y hacía que a Jean se le ocurrieran cada vez más ideas descabelladas que anotar en el cuaderno de Gertie.

Transcurrida una semana, Gertie seguía sin tener un plan que pudiera llevar a la práctica. Mientras bajaba los escalones del autobús, vio que había una camioneta aparcada junto al Mercury de tía Rae y se quedó de piedra. La camioneta de su padre estaba allí, o sea que su padre estaba en casa, o sea que...

—¿Vas a bajar de una vez o qué? —preguntó el conductor del autobús a su espalda.

Gertie cruzó corriendo la hierba descuidada, con la mochila saltándole a la espalda.

Antes de cruzar la puerta mosquitera, se oyó la voz de su padre retumbando en toda la casa:

—¡Ya está aquí Gertie! ¡Esconded todo lo de valor!

Entonces, su padre entró en la cocina.

Frank Foy era alto y guapo. Tenía los ojos azules y un diente de oro arriba y, cuando la sujetó en brazos, ella escondió la cara en el hueco entre su camisa y su cuello y aspiró su olor a aire fresco, tocino y Listerine.

—¿Todo bien en la plataforma? —preguntó.

—Estupendamente. —La dejó en el suelo y se inclinó para recoger la mochila de Gertie del suelo—. ¿Te has metido en muchos líos en el cole? —preguntó, con la que era su forma especial de preguntarle qué tal le había ido el día.

—Le he salvado la vida a Junior en Educación Física —dijo Gertie—. Y la señorita Simms dice que tenemos que aprendernos de memoria las capitales de los cincuenta estados.

Y eso que muchos adultos no eran capaces de aprendérselas de memoria. Gertie lo sabía porque había hecho la prueba con el cartero y solo se sabía siete.

—Veamos. —Su padre metió la mano en un armario y sacó una caja de galletas saladas y una lata de sardinas—. ¿Cuál es la capital de Kentucky?

—*Todavía* no me las sé todas —explicó Gertie.

—Bueno, pues ¿cuáles te sabes? —preguntó él, lo que estuvo muy bien porque así Gertie tuvo ocasión de lucirse demostrándole cuántas se había aprendido.

Se sentaron a la mesa de la cocina y estuvieron comiendo galletas hasta que se quedaron sin estados. Su padre se frotó la nuca.

—Tía Rae dice que tienes problemillas con una niña nueva —dijo con la voz que usaba cuando se ponía serio.

Gertie se levantó de un brinco. Estaba tan tranquila y a gusto pensando que estaban charlando tranquilamente sin que Audrey fuera a entrometerse por una vez en su vida, cuando lo que en realidad había hecho su padre era preparar el terreno para regañarla. Debería haberse dado cuenta de que era una trampa.

—¡Espera un segundo! —dijo—. ¿Habéis estado hablando de mí a mis espaldas?

—Sí —contestó él—, porque…

—¡Es increíble! ¡No se debe hablar de otras personas a sus espaldas!

—Porque nos preocupamos por ti —concluyó su padre—. Estoy seguro de que te caería bien Mary Lou si le dieras una oportunidad.

Gertie no entendía por qué tía Rae y su padre estaban tan seguros de que Mary Sue era simpática si ni siquiera sabían cómo se llamaba.

—Es Mary *Sue*. Y es *mala*. Y soy yo quien la conoce, así que lo sabré mejor que vosotros.

—¿Estás segura? —Su padre levantó las cejas.

—Sí. —Gertie volvió a sentarse.

Su padre se echó hacia atrás, apoyando la silla en las patas traseras.

—¿Estás preocupada por alguna otra cosa?

—Qué va.

Su padre volvió a apoyar las patas delanteras de la silla en el suelo con un golpe seco.

—¿Has visto el cartel que hay delante de…, delante de la casa de tu madre? —Se miró las manos y luego miró a Gertie.

Gertie asintió.

—¿Tienes alguna pregunta? —dijo su padre en tono indeciso, como si confiara en que no le preguntaría nada porque, si lo hacía, tendría que responderle.

Gertie tenía mil millones de preguntas, pero su padre empezaba a parecer tan desvalido como una rana medio muerta.

—Qué va.

Él suspiró.

—Bueno, pues creo que deberías saber que va a casarse y a mudarse a Mobile.

—Ya lo sé.

—Ah. —Frank Foy arrugó el entrecejo—. ¿Cómo lo sabías? ¿Quién te lo ha dicho?

La madre de Junior le había cortado el pelo a la vecina de Rachel Collins, y la vecina se lo había dicho a la madre de Junior, y Junior lo había oído sin querer y se lo había contado a Jean, que también se lo había oído decir a su padre, y tía Rae había tenido una conversación telefónica que se suponía que Gertie no tenía que oír pero que había oído de todos modos porque a fin de cuentas tía Rae no tenía derecho a hablar de ella a sus espaldas y, además, ¿cómo iba a enterarse de nada si no escuchaba a escondidas?

—Tengo mis métodos —contestó en tono misterioso.

—¿Estás bien? —preguntó su padre en voz baja.

Claro que estaba bien.

Era solo que... Que no era *justo*. Frank Foy era la persona más interesante que conocía Gertie. Hacía malabares con las cebollas y los calabacines en el supermercado. Leía libros amarillentos que olían dulcemente a polvo. Y tenía unos brazos enormes porque trabajaba con llaves gigantescas en la plataforma petrolífera. ¿Cómo era posible que Rachel Collins no hubiera sido feliz con él? Debería haberse quedado con él y con Gertie, en vez de irse con un extraño.

Y Gertie pensaba asegurarse de que lo supiera, en cuanto diera con un plan para quitar del medio a Mary Sue Spivey.

6
Enfado por Dakota del Norte

—La capital de Alabama es…

La señorita Simms empezó con una fácil.

—¡Montgomery! —gritaron todos a coro.

Luego pasó a los otros estados y la única que contestó fue Jean, que acertó doce de doce. Gertie notó que la señorita Simms elegía los estados más difíciles, como Virginia Occidental y Misuri, pero Jean contestaba como una metralleta, casi tan deprisa como preguntaba la señorita Simms.

—Jean *La Jenio* —masculló Roy.

Jean se sentó más derecha en su silla y esbozó una sonrisita.

—¿Cuál es la capital de…? —La señorita Simms miró su libro—. ¿Dakota del Norte?

Jean respiró hondo, y ya se disponía a contestar cuando se detuvo. Castañeteó los dientes. Movió los ojos de un lado a otro. Todo el mundo la miraba.

—Bismarck —dijo Mary Sue.

La señorita Simms levantó la vista del libro.

—Eso es —dijo.

—Yo las capitales me las aprendí *el año pasado* —dijo Mary Sue, y se encogió de hombros.

—¡Cielos! —susurró Roy desde el fondo del aula—. *Eso sí* que es un genio.

—Y además con *g* —puntualizó Leo.

Jean se puso a temblar al lado de Gertie. Junior, cuando temblaba, era como un conejo asustado. En cambio, cuando temblaba Jean, era como un volcán a punto de estallar. Nadie nunca había contestado antes que ella. Jean era la niña más lista de todo el colegio.

Solo que ahora Mary Sue era más lista. Mary Sue era la mejor en todo. Era la mejor alumna de quinto del mundo sin siquiera proponérselo.

Ojalá alguien la ganara en algo. Ojalá alguien pudiera demostrar que aquella robasitios no era la más lista, ni mucho menos.

A Gertie se le ocurrió de pronto una idea, y se apretó la coleta.

Mientras los demás salían corriendo a montar en el autobús o en los coches, Gertie sacó todos sus libros. Solo dejó dentro del pupitre unos trocitos de mina y una colección de piedras del patio.

Junior y Jean se miraron.

—¿Se te ha perdido algo? —preguntó Junior, inclinándose para mirar su pupitre vacío.

—Voy a llevarme todos estos libros a casa para leerlos. —Gertie empezó a meterlos en su mochila.

—¿Por qué? —Jean puso los brazos en jarras.

—Voy a estudiarme todo lo que vamos a aprender este año —contestó Gertie. No podía creer que no se le hubiera ocurrido antes—. Así sabré todas las respuestas a las preguntas de la señorita Simms. Voy a aprendérmelo todo este fin de semana.

—¿*Tú* vas a estudiar? —preguntó Jean.

Gertie se tocó el cuello de la camiseta. Podía hacerlo. Podía hacer cualquier cosa.

—Sí —respondió—. Así es como pienso hacerlo. —Meneó su cuaderno azul delante de Jean y añadió bajando la voz—: Así es como voy a neutralizar a Mary Sue.

Y a convertirse en la mejor alumna de quinto curso. Todo de golpe. Aquello era todavía mejor que lo de la exposición sobre las vacaciones de verano.

—Pe-pe-pero yo… —tartamudeó Jean—. ¡No va a resultar!

—Claro que sí. —Gertie siguió metiendo libros en la mochila. Claro que resultaría. Lo presentía.

—Pero tú… —Jean agarró uno de sus propios libros y salió por la puerta tropezando con otras personas al pasar.

Junior se inclinó hacia Gertie.

—Es que está mosqueada por lo de Dakota del Norte —susurró.

Gertie metió otro libro en la mochila. Todavía quedaban unos cuantos encima de la mesa.

—Me parece que no vas a poder llevártelos todos…
—dijo Junior.

Gertie le puso un libro en el pecho y él lo sujetó antes de que cayera al suelo.

—Lleva esto —dijo ella. Se puso los dos últimos libros debajo del brazo izquierdo y se echó la mochila al hombro—. ¡Vamos o perderemos el autobús!

—¡Pero si ni siquiera *te gusta* estudiar! —dijo Junior mientras la seguía y esquivaba una pelota de fútbol americano que dos chicos se estaban lanzando en el pasillo.

—No hace falta que me guste —gritó ella entre el griterío de los niños que salían en tropel por la puerta del colegio—. Solo tengo que ser la mejor empollando. Voy a ser la más lista de la clase. —Gertie subió los escalones del autobús y dejó que Junior pasara por su lado y se sentara junto a la ventana—. Lo voy a saber todo. —De repente se le ocurrió una idea—. ¡Dios mío! ¡Seguramente me adelantarán un curso! —Apoyó la cabeza en el asiento y dejó que el alboroto del autobús se difuminara.

Junior volvió a hablar, pero sus palabras sonaron amortiguadas porque tenía la frente pegada a la ventana.

—Es la peor idea de la historia.

Gertie dio un respingo, se puso derecha y tiró de él hasta que consiguió que la mirara de reojo.

—Junior Junior —dijo en voz baja—, ¿es que crees que no soy capaz de hacer lo que digo?

Él abrió los ojos como platos y movió la cabeza bruscamente de un lado a otro.

—Claro que puedes. —Tragó saliva—. Es solo que… ¿Por qué tienes que ser mejor que Jean? ¿Y si se enfada?

—Intento ser mejor que Mary Sue —repuso Gertie—. No que Jean. ¿Entendido?

Junior no contestó.

—Jean también quiere pararle los pies a Mary Sue —añadió Gertie.

—Ehh…

—Ya verás como todo sale bien.

Cuando la puerta mosquitera se cerró a su espalda, ni siquiera esperó a ver si tía Rae salía a recibirla. Pasó corriendo junto a su padre, que estaba pelando huevos cocidos, y junto a Audrey, que estaba revolviendo en el armario de las sartenes y las cazuelas. Y junto a tía Rae, que estaba enderezando los cojines del sofá.

—¡No puedo hablar! ¡Tengo grandes planes! —gritó, y entró como una bala en su cuarto, resbaló con los cómics que había en el suelo y aterrizó en la cama.

Aquella habitación era el sitio que más le gustaba del mundo. La papelera tenía dentro una maceta con un helecho. Y había también un globo terráqueo encima de la cómoda y un bonsái de vivero en la repisa de la ventana. El techo estaba cubierto de estrellas que brillaban en la oscuridad.

Sacó de la mochila su libro de ortografía, lo abrió sobre la almohada, apoyó la barbilla en las manos y miró las palabras. Normalmente estudiaba ortografía la noche antes de un examen. Con tanta antelación, las palabras parecían distintas. Después de aprendérselas todas de memoria, echó un vistazo al reloj y descubrió que solo llevaba doce minutos estudiando.

Una semana entera de deberes de ortografía ¡en doce minutos! Gertie estaba asombrada. Quizá —se dijo— había sido una alumna brillante todo ese tiempo, sin darse cuenta. Iba a consagrar su vida al estudio. Se saltaría dos o tres cursos. Iría a la universidad a los doce. Fase Dos: ¡ganar una medalla con el cerebro!

Decidió estudiar las capitales a continuación. Las escribiría quinientas, no, ¡mil veces cada una! Se disponía a empuñar el lápiz cuando se abrió un poco la puerta y entró Audrey.

—Estoy ocupada —dijo Gertie.

Audrey se adentró un poco más en la habitación, llegó justo hasta la cama y puso la cara a un par de centímetros de la de Gertie.

—No encuentro el mando a distancia.

Gertie no levantó la vista.

—No.

Audrey le echó en la cara su aliento con olor a zumo de naranja.

—¿Jugamos a las casitas?

—No.

—Yo soy la mamá, el papá, el gato y el Ford, y tú puedes ser el bebé.

Gertie iba a empezar a explicarle que era demasiado mayor para hacer de bebé cuando se acordó de que aquella conversación podía durar siglos.

—Estoy haciendo deberes importantes —dijo—. Y no tengo tiempo para jugar.

—¿Yo también puedo hacer deberes?

—No. Tú no tienes deberes.

—¿Por qué?

—Porque estás en preescolar —explicó Gertie—, y eso no es el cole de verdad.

—¿Por qué no es el cole de verdad?

—¡Dios mío! —Jamás se aprendería la capital de Montana si tenía que explicarle la vida a Audrey—. ¿Por qué no te vas a ver *Los Walton*? —preguntó.

—Porque no encuentro el mando.

Gertie dejó su lápiz sobre la cama y se levantó.

—Vamos —dijo.

Miraron debajo de los cojines del sofá y encima de todas las mesas, y en los cajones de los calcetines y detrás de la lavadora. Gertie lo encontró por fin. Tía Rae lo había puesto, a saber por qué, encima de la nevera, un sitio absurdo para poner el mando a distancia, en opinión de Gertie, porque ni siquiera tenían tele en la cocina.

—Más vale que dejes eso ahí —le advirtió su padre cuando cruzaba la cocina con la caja de herramientas—. Tía Rae lo ha puesto ahí a propósito —dijo antes de salir por la puerta mosquitera.

Gertie puso los brazos en jarras y miró hacia lo alto de la nevera.

Audrey *también* puso los brazos en jarras y miró hacia lo alto de la nevera.

—Dios *míííííío* —dijo con la voz más melodramática que jamás haya emitido un ser humano.

—Crees que me estás imitando, pero no es verdad —le dijo Gertie—. Porque yo nunca en mi vida hablo así.

Audrey miraba el mando, muy por encima de ellas.

—No vamos a poder bajarlo. Imagino que tendremos que jugar a las casitas, ¿no?

Gertie se subió a la encimera y se puso de pie con mucho cuidado. Sacó el mando de entre la pelusa gris que se acumulaba encima de la nevera y se lo pasó a Audrey. Luego, pensando que por fin podría seguir con sus estudios, regresó a su habitación.

La capital de Montana es Helena. Helena, Helena, HE-LENA, Helena... Escribió el nombre una y otra vez, hasta llenar una hoja entera. Después lo miró con el ceño fruncido, tratando de decidir si lo había hecho bien y si había quedado grabado entre los resquicios de su cerebro. Helena era un nombre bonito. Se preguntó si sería el nombre de pila de la señorita Simms.

—Gertie Reece, ¿qué haces ahí dentro? —Su padre llamó a la puerta.

Gertie apoyó la cabeza sobre el libro.

—Tía Rae quiere hablar contigo —dijo su padre.

Técnicamente, tía Rae era la tía de Frank Foy, pero a Gertie siempre le sonaba raro que la llamara «tía Rae». Se suponía que las personas mayores no tenían tías. No las necesitaban para nada.

—¿Por qué le has dado el mando a Audrey? —preguntó a gritos tía Rae—. Voy a entrar.

—¡Tía Rae! —De un salto, Gertie se puso de pie sobre la cama—. ¡Estás invadiendo mi espacio personal!

Tía Rae la mandó callar con un ademán.

—¿Qué estás tramando? —Apartó unos cómics con el pie.

—¡A Albert Einstein no lo interrumpían así! —protestó Gertie.

Su padre asomó la cabeza por encima del hombro de tía Rae.

—¿Y? —preguntó.

—Que estoy estudiando porque voy a ser un genio de verdad.

Tía Rae parpadeó al ver su cama cubierta de libros.

—Ah, estás estudiando.

Miró un poco más a Gertie y sus libros como si quisiera asegurarse de que aquella visión no se disipaba como un espejismo. Como siguió viéndola, parpadeó otra vez y luego miró al padre de Gertie, que se encogió de hombros.

—Está bien, entonces. —La tía Rae se frotó la espalda—. Te dejo para que sigas.

Se dio la vuelta para irse, pero luego miró hacia atrás con el ceño fruncido.

—¿Qué *más* estás tramando?

—Jopé —dijo Gertie—, os comportáis como si nunca me hubierais visto estudiar.

Siguió estudiando hasta que llegó la hora de acostarse y, después de que su padre le leyera un capítulo de *La isla del tesoro* y la arropara, continuó estudiando a la luz de una linterna. Pasó todo el sábado estudiando: copió los nombres de los estados y sus capitales, memorizó datos científicos e hizo ejercicios de matemáticas hasta que se le agarrotaron los dedos de la mano derecha, empezaron a sonarle las tripas y se le nubló la vista de tanto ver letras y números, y sintió que tenía el cerebro tan aplastado como si alguien se hubiera sentado encima de él. Y entonces siguió estudiando hasta que volvió a quedarse dormida.

Y en sueños Roy Caldwell le susurraba: *¡Hala! Gertie Foy es un genio con g. ¡Con G mayúscula!*

7

Con G mayúscula

—Gertie.

Genio.

—Gertie.

—Con *G* mayúscula —farfulló.

—¡Gertie!

Gimió y despegó la cara de la página sesenta y tres de *La aventura de la lectura, 5.º Curso*, que estaba utilizando como almohada.

Tía Rae le agarró un pie y se lo sacudió.

—Dentro de veinte minutos hay que estar en la iglesia.

—Debería quedarme estudiando —dijo Gertie mientras se desperezaba.

—No.

Gertie había heredado de tía Rae su pasión por las misiones. Y tía Rae solo tenía dos misiones en la vida: una era no comprar nada a menos que estuviera rebajado, y la otra llevar a Gertie a la iglesia todos los domingos, aunque fuese a rastras.

Así que Gertie decidió no montar un berrinche —de todos modos, le hacía falta un descanso— y empezó a canturrear mientras se ponía el vestido de los domingos y se quitaba el pelo de los ojos a soplidos. Siguió canturreando mientras regaba el helecho. Luego, corrió a la puerta de la cocina y continuó canturreando y siguiendo el ritmo con el pie para demostrarles a su padre y a tía Rae que estaba dispuesta a quitarse de en medio aquella tarea cuanto antes mejor.

—Qué mal aspecto tienes. Cualquiera diría que te ha atropellado un coche. —Tía Rae meneó la cabeza.

Gertie levantó la barbilla y se puso a canturrear aún más fuerte. Estaba demasiado contenta para preocuparse de si parecía o no que la había arrastrado un coche. Aún no se había leído todos los libros, pero había leído un montón. Y tenía la cabeza más llena que nunca. Al día siguiente, en clase, se sabría todas las preguntas.

—¿A que hace un día precioso? —preguntó con su voz más melodiosa al sentarse en el asiento trasero del coche y abrocharse el cinturón de seguridad.

Tía Rae soltó un gruñido y se subió el elástico de la falda.

Su padre se sentó en el asiento del copiloto. Tía Rae agarró el volante y miró ceñuda el reloj. Gertie fingió no notarlo. Normalmente, tía Rae tomaba el camino más largo para ir a la iglesia. Pero cuando llegaban tarde por culpa de Gertie, tenía que tomar el atajo que pasaba por la calle Jones.

Tía Rae chasqueó la lengua y sacó el coche del jardincillo marcha atrás.

Cuando pasaron frente a aquella casa tan bonita, Gertie vio las luces encendidas y los coches aparcados en el camino de entrada. El cartel de la Inmobiliaria Sol era más alto que ella y tenía pintado un gigantesco sol danzarín, así que era difícil no verlo. Pero tía Rae ni lo miró. Ni tampoco el padre de Gertie.

La Primera Iglesia Metodista era un edificio de ladrillo gigantesco situado justo enfrente de la Primera Iglesia Baptista. Gertie y Jean siempre se encontraban en la escalinata de la Primera Metodista y esperaban juntas hasta que veían a Junior entrar en la Primera Baptista, que era donde iba todos los domingos. Decía que era igual de aburrida que la otra, pero que siempre acababan diez minutos antes.

Jean ya estaba esperando cuando llegó Gertie.

—¿Cuánto has leído? —preguntó.

Gertie se sentó en el peldaño de arriba y dio unos golpecitos con el pie en los ladrillos.

—Bastante —dijo misteriosamente.

Jean frunció el entrecejo.

—¿Cuánto *exactamente*?

—Casi la mitad de *La aventura de la lectura*, cuatro lecciones de mates, veinte páginas de naturales y un poquitín de sociales.

Jean cruzó los brazos y se apoyó contra una columna. Gertie notó que hacía cuentas de cabeza. Cuando acabó, dijo:

—No puedes volverte más lista que Mary Sue en un solo fin de semana. No consiste solo en leer libros. También hay que *ser* lista.

Gertie dejó de golpear los ladrillos con el pie.

—¡Yo soy lista!

—Eres *lista* —reconoció Jean con una ademán—. Pero en otras cosas. No en el colegio.

Gertie estaba a punto de llevarle la contraria cuando Jean dijo:

—Ahí está.

El señor y la señora Parks y Junior cruzaron a la carrera el aparcamiento y subieron la escalinata. Siempre llegaban tarde.

—Uno —dijo Jean.

—Dos —dijo Gertie.

—Tres —concluyeron a coro—. ¡HOLA, JUNIOR JUNIOR!

Desde el otro lado de la calle, Gertie vio que Junior hacía una mueca divertida. O puede que fuera una mueca de horror. Era difícil saberlo. La señora Parks las saludó con la mano y Gertie y Jean se volvieron para entrar en su iglesia, que estaba llena de gente que cuchicheaba y se removía, haciendo mucho ruido, antes de que empezara el servicio.

—Además, de qué va a servirte estudiar para cumplir tu misión —dijo Jean—. Creía que intentabas ser la mejor en algo.

—Y eso intento —repuso Gertie—. Voy a ser la mejor de clase.

—No puedes ser la mejor de clase —contestó Jean—. Eso es cosa mía. Junior es el que se pasa la vida brincando. Tú eres la que arma jaleo. Y la lista soy *yo*.

—Yo no soy la que... —comenzó a decir Gertie, pero una señora le chistó para que se callara—. No soy *solo* la que arma jaleo —dijo en voz baja.

—Yo solo digo —dijo Jean en tono conciliador— que sacar buenas notas no es fácil. Te vas a llevar una desilusión cuando... —Se encogió de hombros.

Gertie se paró tan de repente que el pastor estuvo a punto de atropellarla. Jean corrió a sentarse con su familia sin mirar atrás.

Gertie no podía creerlo. Jean no se creía que pudiera vencer a Mary Sue. Le dieron ganas de seguirla y decirle que olvidaba que ella siempre cumplía lo que se proponía. Pero la señora Zeller, la madre de Jean, nunca dejaba que Gertie se sentara con ellos porque era incapaz de comportarse como un ser humano respetable durante el servicio religioso. La señora Zeller apartó su bolso para dejar sitio a Jean, que se quedó mirando fijamente hacia delante.

¿Jean creía que ella era «la que armaba jaleo»? De acuerdo, era cierto que nunca había sido la más lista de la clase. Pero por eso precisamente *tenía* que serlo. Tenía que ser una nueva Gertie cuando se enfrentara a Rachel Collins.

Caminó lentamente hasta donde estaban sentados su padre y tía Rae.

—Genio con *G* mayúscula —se dijo a sí misma.

8

Esa suavidad suprema

Gertie nunca había abandonado una misión, por difícil que fuera. No aflojó en su empeño cuando se propuso convencer a los del comedor para que sirvieran tostadas arcoíris el día de su cumpleaños, y eso que era extremadamente difícil. Y tampoco se dio por vencida cuando se propuso montar en el monociclo de Roy, cosa que parecía imposible. Ahora tampoco pensaba darse por vencida.

—¿Cuál es la capital de Carolina del Sur? —preguntó la señorita Simms.

Gertie alzó la mano al mismo tiempo que Jean lanzaba el puño al aire. Luego estiró un poquito más el brazo.

La señorita Simms levantó la mirada.

—¿Gertie?

—Columbia.

—¿Y la de Georgia?

El brazo de Jean tropezó con el de Gertie al elevarse. Junior se encogió en su silla, asustado.

—Jean —dijo la señorita Simms.

—Atlanta —respondió ella con una sonrisa.

Cuando la señorita Simms preguntó por la siguiente capital, la de Hawái, y vio que Gertie y Jean estaban medio encaramados a sus sillas tratando de ver cuál de las dos levantaba el dedo más alto, arrugó el ceño.

—¿Alguien más?

—Honolulú —contestó Mary Sue.

Gertie bajó la mano. Jean rechinó los dientes.

Más tarde tuvieron que sacar sus ejemplares de *La aventura de leer, 5.º Curso* y abrirlos por un cuento que trataba de una niña que criaba a una camada de patos que la seguía a todas partes.

—Roy, ¿te apetece leer? —preguntó la señorita Simms.

Roy, que estaba dibujando en su escayola, no levantó la vista.

—No, seño. Pero gracias por preguntar.

—¡Roy! —Insistió la señorita Simms.

Roy se removió en su asiento y empezó a leer, pero a medida que leía iba hablando en voz más baja y farfullando cada vez más, y poniéndose más y más colorado, hasta que la señorita Simms mandó leer al siguiente de la fila. Gertie se sentó al borde de su asiento y esperó a que llegara su turno, contando a sus compañeros y los párrafos que quedaban para ver cuál le tocaría.

—Muy bien. Gertie, ¿puedes leer el siguiente?

Gertie se aclaró la voz y respiró hondo. Luego, comenzó a leer en voz alta y clara como hacía su padre cuando le leía a ella. No se trabó ni una sola vez.

Cuando acabó su párrafo intentó seguir leyendo. Pasó sin más al siguiente, pero la señorita Simms la detuvo.

—Gracias, Gertie. Ahora le toca a Junior.

La última en leer fue Mary Sue, que leyó como hacía todo lo demás: mejor que nadie. Leyó con voz más alta y firme que los demás, incluso que Gertie y Jean, y la señorita Simms le dejó leer dos *páginas*. Mary Sue leyó *dos páginas enteras*, y Gertie solo un párrafo de cinco centímetros de ancho. Dos páginas. Cinco centímetros.

Gertie fijó la mirada en la nuca de Mary Sue y se preguntó por qué algunas personas leían mejor y tenían el pelo rubio y se ponían brillo de labios y conocían a gente famosa y se sentaban en la primera fila. Y se preguntó también por qué ella *no* era una de esas personas.

Jean le clavó el codo en las costillas.

—¿Ves? —susurró mientras guardaban los libros—. Te lo dije.

—Bueno, a lo mejor tardo dos fines de semana —contestó Gertie.

La señorita Simms estaba buscando algo entre sus papeles.

—Necesito que uno de vosotros lleve esto a secretaría —dijo, y Gertie se olvidó de su misión y de Mary Sue y de la calle Jones y de todo lo demás.

Levantó la mano tan alta que despegó el culo del asiento.

Cuando la señorita Simms miró a la clase, todo el mundo tenía la mano levantada.

—Yo lo llevo, señorita Simms —dijo Ewan subiéndose las gafas por el puente de la nariz.

Junior levantó la mano casi del todo y luego la bajó casi hasta abajo y volvió a subirla, como si quisiera que la señorita Simms le eligiera a él y al mismo tiempo le diera miedo que lo viera.

La señora Warner, la secretaria del colegio, tenía una hermana que vivía en Suiza y que le mandaba deliciosos bombones de chocolate suizo envueltos en papel dorado. Los bombones estaban amontonados en un cuenco de cristal sobre su mesa y, cada vez que un alumno iba a hacer un recado a secretaría, la señora Warner lo dejaba tomar un bombón del cuenco.

Todos los alumnos del Colegio de Enseñanza Primaria Carroll —incluso los que nunca los habían probado— sabían que aquellos bombones eran los mejores del mundo. Unos decían que era por el envoltorio dorado y crujiente, y otros que porque por dentro eran de chocolate blandito. O porque eran supercremosos. O perfectamente redondos.

—Es por esa suavidad suprema —explicaba Roy con aire misterioso, a pesar de que él jamás había tocado aquel envoltorio dorado ni por una esquinita, porque solo la mandaban a secretaría a ver al director.

La señorita Simms paseó la mirada por la clase. Sus ojos se posaron en Gertie.

Sí, sí, pensó Gertie. Nunca le habían pedido que llevara un papel a secretaría. Nunca. Y siempre lo había deseado, no solo por saborear uno de aquellos bombones y sentir esa suavidad suprema, sino porque estaba segura de que lo haría de maravilla. Llevaría el papel en tiempo récord. Estiró más el brazo. *Por favor*, pensó.

—Gertie, ¿lo llevas tú?

Gertie no podía creérselo. La señorita Simms iba a confiarle el papel. Iba a mandarla sola a secretaría. Una misión en solitario.

Los demás bajaron la mano. Gertie se levantó. Tal vez sí le cayera bien a la señorita Simms, después de todo. O al menos parecía que no la odiaba. Iban a darle un bombón, un bombón envuelto en oro a media mañana… *Eso* era lo que importaba. Lo que hacía que todo mereciera la pena.

Notó que todos la miraban fijamente cuando se acercó a la mesa de la maestra.

—Señorita Simms —dijo Mary Sue—, nuestra asistenta iba a traerme mi medicina para la alergia. Se me ha olvidado traerla.

La señorita Simms la miró, distraída.

—Tengo que ir a recoger mi medicina a secretaría —añadió Mary Sue lanzando una mirada a Gertie.

Gertie estaba tan contenta que ni siquiera le importó tener que recoger la medicina para la alergia de Mary Sue. *Sí, robasitios*, pensó, *te traeré tu medicina porque soy buena y me van a dar un bombón.*

—Puedo traértela yo —le dijo, y se volvió hacia la señorita Simms—. También puedo traer la medicina —afirmó—. Puedo hacer cualquier cosa.

Roy soltó un bufido.

—Creo que debería ir yo misma —dijo Mary Sue.

—Sí —dijo la señorita Simms lentamente—. Será mejor que Mary Sue vaya a recoger su medicina.

Gertie se quedó de piedra.

¿Cómo que era mejor que Mary Sue fuera a recoger su medicina? ¡Como si ella no pudiera traer una medicina! ¡Ni que fuera a armar un estropicio!

—Mary Sue, lleva esto a secretaría y pregúntale de paso a la señora Warner si tiene tu medicina. Gertie, ¿qué te parece si la próxima vez vas tú a secretaría?

Gertie tardó unos segundos en entender que la señorita Simms le estaba diciendo que no iba a ir a secretaría. La desilusión estalló en su pecho como un petardo. Casi notaba ya el sabor del chocolate suizo cuando se dio cuenta de que no iba a comerse un bombón, ni ese día ni *nunca*, quizá, porque ¿quién sabía si habría una próxima vez? ¿Y si la señorita Simms no tenía que volver a enviar un papel a secretaría?

—Los profes siempre mandan a *chicas* a hacer los recados —se quejó Roy.

Mary Sue se levantó y empujó cuidadosamente la silla debajo del pupitre antes de recoger el papel de la maestra.

Tía Rae se equivocaba. A la señorita Simms *no* le caían todos sus alumnos igual de bien, y Gertie no le gustaba especialmente.

Mary Sue salió del aula. Antes de cerrar la puerta miró a Gertie y le lanzó una sonrisa enseñando sus dientes blancos y perfectamente alineados. Gertie miró a su alrededor, pero nadie más había visto aquella sonrisa.

Respiró hondo y regresó a su silla con piernas temblorosas. La señorita Simms se puso a explicar una lección. Pero Gertie no la escuchaba. Solo pensaba en la sonrisa de Mary Sue.

Mary Sue la había mirado como si supiera perfectamente lo que estaba sintiendo y fuera lo que quería. Su sonrisa dejaba claro que conocía los planes de Gertie y que se los había estropeado a propósito.

Cuando volvió de secretaría, Gertie vio que llevaba algo dorado en la mano. Después de aquello, le costó aún más concentrarse.

En el recreo, Mary Sue se sentó en el columpio al lado de Junior, Gertie y Jean. Ella Jenkins y June Hindman rondaban por allí.

—Yo nunca *muerdo* los bombones —dijo Mary Sue, y se metió el bombón entero en la boca—. Dejo que se derritan.

Gertie apartó la mirada y se volvió hacia sus amigos.

—Lo ha hecho a propósito. Ha visto que la señorita Simms iba a mandarme a secretaría y se ha puesto a lloriquear por su medicina. Me juego algo que ni siquiera tiene alergia.

—Es una mosquita muerta —dijo Jean sacudiendo la cabeza.

Era agradable volver a estar de acuerdo con Jean. Jean y Junior siempre la habían ayudado en sus misiones. A fin de cuentas, fue Jean quien distrajo al señor

Winston, el de la tienda de cebo y aparejos de pesca, cuando Gertie liberó a los grillos. Y jamás habría sido la que más galletas había vendido de su tropa de los *scouts* si Junior no hubiera convencido a su madre de que la dejara vendérselas a las señoras de la peluquería.

Junior sonrió a sus dos mejores amigas.

—A mí tampoco me cae bien.

Tenía que haber otro modo de derrotar a Mary Sue. Juntos lo encontrarían.

9

Imposible nacer en Kriptón

En el jardín delantero de la casa más bonita de la calle Jones, el cartel de la Inmobiliaria Sol empezaba a perder color. Las hojas de los chopos se volvieron amarillas y, una a una, se fueron desprendiendo de los árboles como hojas de un calendario. El padre de Gertie volvió a la plataforma petrolífera, regresó a casa y volvió a marcharse. Y Mary Sue era cada vez más popular en el colegio. Hasta una tarde en que, mientras Gertie escuchaba a Junior, el autobús enfiló la calle Jones y, con el rabillo del ojo, Gertie vio que había unas personas delante de la casa.

Junior estaba diciendo:

—Es imposible nacer en Kriptón, pero sí que *podría* picarte una araña radioactiva.

En el jardín, un señor con pajarita gesticulaba mientras dos mujeres miraban la casa de Rachel Collins.

—Así que es absurdo desear tener los superpoderes de Superman, pero podrías ser como Spiderman.

Algunas veces me gustaría encontrarme una araña radioactiva…

Gertie nunca había visto al señor de la pajarita ni a aquellas dos mujeres.

—Aunque ojalá me pique cuando esté dormido, porque si la veo…

Gertie se inclinó hacia la ventana y miró a la gente mientras el autobús pasaba de largo. En ese momento se abrió la puerta de la casa y salió una mujer.

—¡Dios mío!

Era ella.

Gertie llevaba toda la vida coleccionando fragmentos de su madre como otras personas coleccionaban cucharillas o colgantes de pulseras o muñequitas de Jessica Walsh.

De pequeña, encontró el guardapelo en el escritorio de tía Rae y, aunque tía Rae fingió no saber qué era, había pertenecido a Rachel Collins. Quizá no quería que Gertie lo tuviera, porque volvió a guardarlo en su escritorio. Pero no dijo nada cuando Gertie lo tomó a escondidas unos días después.

Y después de que Gertie se lo pidiera un montón de veces, su padre la llevó en coche hasta la casa de la calle Jones y aparcaron junto a la acera y se quedaron sentados en la camioneta, comiendo un paquete de galletas con mantequilla de cacahuete mientras miraban la casa.

—Ahí es donde vive —le dijo su padre.

Y una vez, en el Piggly Wiggly, tía Rae se paró de pronto mientras empujaba el carro de la compra y

Gertie levantó la vista. Rachel Collins estaba al final del pasillo. Miró hacia allí y las vio, y se quedó mirando a Gertie unos segundos. Hizo amago de levantar la mano como si fuera a saludar y entonces cerró los dedos y bajó la mano y se alejó a toda prisa con su carrito, cuyas ruedas chirriaban.

—¿Es esa? —preguntó Gertie entonces. No sabía cómo lo había adivinado. Quizá simplemente *lo supo* porque a lo mejor uno siempre reconoce a su madre.

—Esa es, sí —contestó tía Rae—. Y encima se comporta como si hubiera olvidado que nosotros también vivimos aquí. —Meneó la cabeza y dijo en voz baja, como para sí misma—: ¿Sabes qué te digo? Que si se cree que en este supermercado no hay sitio para las dos, ya puede irse con la música a otra parte, porque yo no pienso marcharme sin llevarme todo lo que esté a dos por uno.

El autobús había dejado la casa atrás y seguía alejándose, y las personas del jardín se iban haciendo cada vez más pequeñas. Gertie se pegó a la ventana y su aliento empañó el cristal cuando se estiró para echarles una última ojeada. Luego, el autobús cambió de dirección y los perdió de vista.

Gertie cerró los ojos con fuerza y consiguió seguir viéndolos. Rachel Collins bajaba los escalones del porche y sonreía al acercarse a las mujeres. Gertie añadió aquel instante a la colección de fragmentos y retazos que tenía sobre su madre. No es que aquellos momentos fueran muy importantes para ella. Qué va. No los desempolvaba y les sacaba brillo constantemente. Simplemente, los recogía y los guardaba. Nada más.

—Seguro que estaban viendo la casa —dijo Junior con voz estrangulada.

Gertie dio un respingo. Se había olvidado de él y de los demás niños del autobús.

—No creerás que van a comprarla, ¿verdad? —preguntó.

Seguía inclinada sobre él para mirar por la ventana.

—No sé. —A Junior se le había puesto el cuello de color rosado. Sopló la coleta de Gertie para quitársela de la cara.

—¿Has visto el cartel? —preguntó ella—. ¿Decía que la casa estaba todavía en venta o...? ¿O vendida?

—En venta —contestó él—. Creo.

Gertie volvió a recostarse en su asiento. Junior se secó las manos en la camiseta como si estuviera nervioso, a pesar de que era a ella, a Gertie, a quien se le estaba agotando el tiempo.

—Puedes hacerlo —le dijo como si le leyera el pensamiento—. Todavía puedes hacer algo grande, digo. El Día de los Trabajos, por ejemplo.

—¿Qué Día de los Trabajos? —preguntó Gertie.

—Nos dieron una nota que lo explicaba —respondió Junior.

—¿Qué nota? A mí no me han dado ninguna nota.

Gertie se alegró de poder enfadarse por algo que le resultara fácil explicar con palabras. ¡Qué injusticia, ser la única que no había recibido aquella nota tan importante! La señorita Simms les daba notas a todos menos a ella, quizá porque no quería que Gertie participara en el Día de los Trabajos. Aquello la puso furiosa. Estaba enfadadísima, y le sentaba de maravilla.

—Nos la dieron a todos —dijo Junior.

El niño de primero que iba sentado delante de ellos se dio la vuelta y los miró.

—A mí no me han dado ninguna nota —dijo.

—No —contestó Junior—, porque es para los de quinto. A los de quinto nos la dieron a todos.

—A todos no —dijo Gertie—, porque a mí no me la han dado. —Abrió de golpe su mochila y se puso a hurgar entre sus cosas—. ¿No te parece *raro*?

—Sí, pero...

—¿No te parece una maldad?

Quería oírle decir que la señorita Simms se había portado horriblemente mal con ella, porque era cierto.

—Sí, pero...

Debajo de su ejemplar de *La aventura de leer, 5.º Curso* encontró los restos de una nota con membrete del colegio. Estaba toda arrugada y cubierta de una sustancia naranja y pegajosa.

—Sí —dijo Junior—, esa parece la nota del Día de los Trabajos.

Gertie no pudo leerla entera por culpa de aquellas manchas pegajosas, y Junior le contó lo que decía. Cada alumno de quinto curso debía pedir a un adulto que fuera al colegio a hablarles de su trabajo. Eso les ayudaría a decidir lo que querían ser de mayores. A

Gertie, aquello le pareció lo más estupendo que había oído nunca.

—A ti se te da muy bien hablar en clase. No te importa que la gente te mire —dijo Junior—. Así que a lo mejor, después de tu exposición, se lo podrá contar a ella. Seguro que estará orgullosa, ¿no? Tu madre, digo. —Junior había abierto los ojos de par en par.

Gertie se inclinó hacia él.

—No quiero que esté orgullosa —replicó—. No se trata de eso. Lo que quiero es que vea que soy importante.

—Ah —dijo Junior asintiendo con la cabeza—. Bueno, de acuerdo.

Al llegar a casa, Gertie se dejó caer en la cama. Los bordes de las estrellas que brillaban en la oscuridad se emborronaron en el techo. Se puso el guardapelo delante de los ojos.

Su padre había vuelto a la plataforma petrolífera, así que no podía ir en persona, en carne y hueso, al Día de los Trabajos, pero no importaba. De hecho, era incluso mejor. Así se encargaría ella de dar la charla y explicar en qué trabajaba su padre. A fin de cuentas, era una mujer capaz y autónoma.

Su padre pasaba dos semanas seguidas en la plataforma petrolífera, en medio del mar. Lo hacía todo en la plataforma: trabajaba, comía, dormía, hasta jugaba a videojuegos con sus compañeros de trabajo. Luego volvía a casa para pasar otras dos semanas. A Gertie le encantaba que llegara a casa, porque se alegraba tanto de volver a verla que la levantaba en brazos y le daba vueltas por el aire. Pero luego tenía que marcharse otra vez.

Era un trabajo peligroso, así que su padre tenía que ser muy valiente. Y además era muy duro, así que tenía que ser muy fuerte. Trabajar en una plataforma petrolífera era seguramente el trabajo más raro y maravilloso del mundo. Por eso precisamente, su charla del Día de los Trabajos los dejaría a todos flipados. A no ser que…, a no ser que Mary Sue trajera a su padre, el director de cine.

No, pensó Gertie, eso no pasaría. Tenía que ser positiva.

Sacó su cuaderno azul y escribió *Fase Tres* en la parte de arriba de la hoja. La señorita Simms se quedaría de piedra cuando se diera cuenta de lo bien que hablaba Gertie en público. Llamaría a los demás profesores para que fueran a escucharla. *Dios mío*, se dirían unos a otros, *qué porte, qué voz, qué inspiración, ¡qué maravilla!*

10

¿Quién quiere ser el siguiente?

—¡Dales duro, cariño! —gritó tía Rae cuando Gertie salió a toda pastilla por la puerta mosquitera a la mañana siguiente.

Gertie pasó corriendo entre la hojarasca crujiente y subió los escalones del autobús con su discurso del Día de los Trabajos en una mano y sus Twinkies en la otra, sin sospechar que pasara nada fuera de lo corriente. Apenas se fijó en que el conductor del autobús mascaba pensativamente su palillo mientras miraba por el retrovisor, ni oyó los murmullos mientras recorría el pasillo hacia su asiento.

Pero cuando llegó a su sitio se paró en seco, tan de golpe que sus deportivas chirriaron en el suelo de goma. Junior estaba sentado con los brazos cruzados. Su sonrisa se extendía casi de oreja a oreja. Gertie se quedó mirándolo. A su alrededor, los murmullos crecieron en intensidad.

—¿Qué es eso?

—¿Por qué lo ha hecho?

—Seguro que van a *expulsarlo* por eso…

Junior llevaba los lados de la cabeza afeitados y una cresta de pelo más largo, fijada con gomina, en el centro.

—Yo lo llamo «el Erizo» —le dijo.

Gertie se sentó. Nunca había pensado que el pelo pudiera surtir ese efecto: que pudiera generar sensaciones. El peinado de Junior le daba ganas de ponerse a chasquear los dedos delante de todo el mundo y canturrear: *mmm-hmmm, oh, yeah.* El Erizo molaba tanto como el chirrido de los patines de ruedas al pasar por las juntas de la acera. Era como un polo con sabor a uva recién salido del congelador, todo cubierto de escarcha. Era como ver tu cara reflejada en pequeñito en los cristales de unas gafas de sol.

—¿Puedo tocarlo? —preguntó.

A Junior se le puso el cuello colorado, pero asintió.

Conteniendo la respiración, Gertie pasó la palma de la mano por la cresta pinchuda. Luego dejó escapar el aliento en un suspiro tembloroso.

—¡Cielos! Junior, es…

—Lo sé. —Parecía más contento que nunca—. Mi madre me la hizo anoche para que pudiera enseñarla hoy.

El Erizo era realmente asombroso. Mejor que todo cuanto Gertie había imaginado. Una nube tapó el sol y el mundo perdió de pronto sus colores. Gertie apartó la mirada de Junior y pasó lentamente un dedo por los nombres grabados en el respaldo del asiento de delante. Ni siquiera su charla, por flipante que fuera, podría eclipsar al Erizo. Pero a fin de cuentas se trataba de Junior Junior, que se pasaba cuidadosamente las manos por la cabeza pelada, así que Gertie se obligó a sonreír y le dio unas palmaditas en el brazo.

—Vas a estar genial —le aseguró en el tono más alegre de que fue capaz, confiando en que Mary Sue no lo estropeara todo trayendo a su padre y un par de estrellas de cine.

Cuando Gertie y Junior entraron en clase, todos corrieron a mirar de cerca el pelo de Junior. No se cansaba uno de mirarlo. No te daban ganas de apartar la mirada. Había tantos alumnos mirando fijamente la cabeza de Junior, que la señorita Simms le pidió que se sentara al fondo del aula para que los demás pudieran concentrarse en las explicaciones.

Empezaron a llegar los primeros adultos, y los alumnos estaban tan emocionados que la maestra dejó de dar la lección y les permitió saludarlos a medida que entraban por la puerta.

El señor Zeller se presentó con su uniforme, en cuya espalda ponía Limpiamoquetas Zeller. Con las manos metidas en los bolsillos, inspeccionó el gigantesco cartel de *¡Mira lo que he conseguido!* que la señorita Simms había colgado en clase. Gertie se preguntó si el señor Zeller estaría contando las estrellas doradas que la maestra le había puesto a Jean por lo bien que hacía los deberes.

Gertie observó a los padres y las madres comparándolos con sus hijos. Buscaba a alguien que pareciera un director de cine famoso. Una mujer alta, con un traje pantalón claro, saludó a Mary Sue desde el fondo del aula, donde se habían congregado los padres.

Gertie comprendió entonces que la mejor charla de todas iba a ser la de Junior. Tal vez la suya fuera la segunda mejor y, aunque eso no le bastaba, sabía que tenía que poner buena cara, por Junior.

Todos pidieron que Junior y su madre fueran los primeros en hablar. Se colocaron delante de la clase. La señora Parks le guiñó un ojo a Gertie. Nadie habría pensado que Junior, tan flaco y nervioso, era hijo de la señora Parks, que era rolliza y guapa y siempre tenía una sonrisa relajada en la cara. Junior se frotaba los zapatos uno contra otro, pero también sonreía.

—Soy la mamá de Junior —dijo la señora Parks, aunque casi todos la conocían desde hacía años y años porque siempre les cortaba el pelo—. Soy peluquera. Mi trabajo es muy emocionante, porque en mi peluquería hago cosas como *esta* —dijo señalando la cabeza de su hijo como si mostrara un fantástico trofeo.

Junior hundió las manos en los bolsillos.

La señora Parks continuó:

—Por solo quince dólares, también ustedes, señoras y caballeros, pueden tener su propio Erizo.

Los alumnos contuvieron la respiración con un gemido ahogado. Gertie confío en que tía Rae le diera los quince dólares.

Los otros padres miraron con enfado a la señora Parks y menearon la cabeza.

Su sonrisa se hizo más radiante.

—Os veo a todos después de clase.

Junior y ella volvieron a sus asientos.

Los alumnos aplaudieron y golpearon los pupitres con los puños. Una cosa era segura, pensó Gertie. Mary Sue Spivey podía destacar en todo lo demás, pero la mejor charla del Día de los Trabajos no sería la suya.

Los otros adultos no eran nada comparados con la señora Parks. La tía de June, que era higienista dental, regaló a cada uno un cepillo de dientes nuevo y un paquete de hilo dental y les dijo que, si no los usaban, se enteraría. El padre de Roy se dedicaba a algo relacionado con los números que ni siquiera Roy entendía. Entonces le llegó el turno a Mary Sue. Su madre y ella se pusieron delante de la clase.

—Hola, niños —dijo la señora Spivey.

—Sé que todos queríais conocer a Jessica Walsh y oír hablar de la película —dijo Mary Sue—, pero mi padre está muy ocupado con…

La señora Spivey rodeó los hombros de su hija con el brazo.

—Soy activista medioambiental —dijo.

Todos hicieron gestos afirmativos con la cabeza, aunque Gertie estaba segura de que nadie la había entendido. Gertie pensó en árboles, en nubes y en actividades extraescolares.

La señora Spivey pareció darse cuenta de que no la habían entendido.

—Significa que trabajo con los políticos. Les pido que aprueben leyes para proteger el medioambiente. Para que nuestro aire y nuestros océanos estén más limpios.

Los demás volvieron a asentir con la cabeza. Estaba bien. No era el Erizo, pero estaba bien.

—¿En qué está trabajando ahora mismo, señora Spivey? —preguntó la señorita Simms.

—Desde que nos mudamos aquí, me interesan especialmente las perforaciones petrolíferas de los fondos marinos. Estoy segura de que todos habéis visto las plataformas petrolíferas que hay enfrente de nuestras costas. Estoy buscando la manera de prohibirlas.

Jean se agarró al brazo de Gertie. Gertie la miró y vio que Jean la miraba con cara de «qué vas a hacer». Luego miró a su alrededor, sorprendida, y vio que, sin darse cuenta, había echado la silla hacia atrás como si se dispusiera a levantarse. Seguramente se habría levantado ya si Jean no se lo hubiera impedido. Se habría levantado y…, y…, y no sabía qué habría hecho. Marcharse le parecía buena idea. Salir por la puerta sin más. Pero correr por el aula y liarse a patadas con las cosas tampoco era mala idea. Como no se decidía entre una cosa y la otra, se quedó donde estaba.

Se imaginó las plataformas gigantescas que se alzaban sobre pilotes en medio del mar. ¿Por qué querría alguien prohibirlas? Eran tan *interesantes*… Gertie siempre se había sentido muy orgullosa de que su padre trabajara en una de ellas. Incluso había pensado en trabajar en una plataforma cuando fuera mayor.

La señora Spivey seguía hablando.

—En fin, esas cosas son muy perjudiciales para los peces y para el océano. Están dañando nuestro planeta...

Al fondo del aula, la señora Parks tosió varias veces. La señora Simms la miró con el ceño fruncido.

La señora Spivey no se detuvo:

—Así que estoy intentando convencer a nuestros representantes en el Congreso para que aprueben leyes que prohíban a las compañías petrolíferas construir nuevas plataformas, y quizás algún día podamos cerrarlas del todo.

Gertie observaba la escena como si estuviera muy lejos de allí. La madre de Mary Sue estaba diciendo que las plataformas petrolíferas eran malas. Que había que cerrarlas. Si la madre de Mary Sue se cargaba todas las plataformas petrolíferas, su padre se quedaría sin trabajo y se pasaría todo el día sentado en casa, deprimido y triste, y ya no tendrían dinero, salvo el poquitín que ganaban cuidando a Audrey, y entonces no podrían comprar comida y Gertie tendría hambre todo el tiempo, aunque eso no le importaba, pero pensándolo bien sí le importaba porque su padre pasaría hambre, y tía Rae también y...

La gente empezó a removerse en sus asientos. Todo el mundo sabía que el padre de Gertie trabajaba en una plataforma petrolífera. Todo el mundo menos Mary Sue y su madre la activista. Pero... ¿y si Mary Sue *sí* lo sabía? ¿Y si lo sabía y había traído a su madre a propósito?

Gertie notó que sus compañeros de clase la miraban y enseguida apartaban la vista, antes de que los pillara mirándola. Por una vez en su vida, Junior estaba completamente inmóvil.

Jean le dio un golpecito en la pierna por debajo de la mesa.

—Gertie —susurró.

Gertie la miró.

—Te toca a ti. —Jean señaló con la cabeza hacia la pizarra.

Gertie se levantó sin saber qué iba a hacer. Era como un nubarrón de tormenta que se vuelve cada vez más grande, más alto y más negro y en cuyos bordes chisporrotean los relámpagos, hasta que se parte en dos. Se fue derecha a la parte delantera de la clase y se volvió para mirar de frente a sus compañeros y a los padres.

Jean se inclinó hacia delante hasta quedar tumbada sobre su mesa como si estuviera a punto de saltar por encima de su pupitre y de todos los pupitres de la primera fila para situarse frente a la clase, al lado de Gertie. Junior agachó la cabeza para no tener que mirar y se la tapó con las manos, aplastando el Erizo. Gertie echó un vistazo al discurso que tanto esfuerzo le había costado escribir. Las palabras le parecieron muy pequeñas y temblorosas, y no pudo leerlas.

—Mi padre trabaja en una plataforma petrolífera —dijo, y miró a los ojos a la señora Spivey—. A algunas personas no les gustan las plataformas petrolíferas. A los *activistas*, por ejemplo. —Confió en haberlo pronunciado bien—. Pero sin las plataformas petrolíferas no habría petróleo. Y sin petróleo no habría gasolina para los coches ni para… las ambulancias.

La señora Spivey parpadeó varias veces, pero Gertie siguió mirándola fijamente.

—Sin ambulancias, no habría forma de llevar a la gente a los hospitales cuando tuvieran un accidente horroroso en su casa. —Dejó de mirar a la señora Spivey y miró al resto de la clase. Mary Sue la miraba con enfado—. Así que creo que la gente que trabaja en las plataformas petrolíferas está salvando el planeta.

La clase se quedó callada mientras volvía a su sitio y se sentaba tranquilamente. Delante de ella, Mary Sue cerró los puños sobre su mesa.

La señora Parks levantó la barbilla y aplaudió, rompiendo el silencio. Jean también empezó a aplaudir. Roy dio solo dos palmadas, pero se rio mientras las daba.

La señorita Simms carraspeó, y con un hilillo de voz preguntó:

—¿Quién quiere ser el siguiente?

11
Bien hecho, Gertie

Tras su estupendo y electrizante discurso del Día de los Trabajos, Gertie creía que no tendría que volver a preocuparse de Mary Sue Spivey. Al menos, si Mary Sue sabía lo que le convenía.

Había llegado la hora de concentrarse en lo que de verdad importaba, o sea, en encontrar la manera de demostrarle a Rachel Collins que ella, Gertie, era lo mejor que le había pasado nunca al Colegio de Enseñanza Primaria Carroll. Pero el lunes siguiente, cuando se bajó del autobús, lo primero que vio Gertie fue a Mary Sue y a Ella pegando carteles en la pared. Ya habían cubierto la fachada del colegio con papeles de color amarillo y rosa.

Gertie leyó el que tenía más cerca. *El Club Tierra Limpia busca nuevos miembros*, decía. *No te creas lo que dicen algunas personas. Descubre la verdad sobre las plataformas petrolíferas.*

Gertie miró el cartel, pasmada. ¿Mary Sue la estaba llamando mentirosa? Se recolocó los tirantes de la mochila sobre los hombros y se acercó a las dos niñas con paso decidido.

—¿Qué…, qué…? —Estaba tan furiosa que ni siquiera sabía por dónde empezar—. ¿Se puede saber qué narices estáis haciendo? —preguntó en su tono más amenazador.

Mary Sue y Ella se hicieron las sordas.

—¿A quién os referís con eso de «algunas personas»? —insistió Gertie—. ¿A qué viene eso de «Descubre la verdad»? ¡La verdad se la dije yo a todo el mundo!

Mary Sue puso cara de fastidio.

—Dijiste todo eso porque no tienes ni idea. Qué ignorante eres. —Frunció los labios—. Creo que deberíamos poner uno aquí —le dijo a Ella, y señaló con el dedo un punto en la pared. Luego arrancó de un tirón un trozo de cinta adhesiva.

Su amiga le pasó un cartel.

Respirando como si acabara de echar una carrera, Gertie se obligó a apretar los tirantes de la mochila y se alejó a toda prisa por la acera para no hacer algo de lo que pudiera arrepentirse.

Ella *no* era una ignorante, ni una idiota, y se lo demostraría. Con ayuda de Jean o sin ella, le demostraría a todo el mundo que era más lista que aquella robasitios embustera. Se apretó la coleta subiéndosela hasta la coronilla para concentrar toda su potencia cerebral y se puso a estudiar otra vez.

Estudió más que en toda su vida. Estudió durante días y semanas.

Y una tarde de noviembre, mientras la maestra se paseaba por el aula repartiendo exámenes corregidos, Gertie contuvo la respiración y cruzó los dedos. La mayoría de sus compañeros metieron los exámenes entre sus libros y salieron corriendo para ir a esperar el autobús o subirse al coche de sus padres. Roy hizo una mueca al ver su nota, enrolló el papel y salió de clase propinando golpes a la gente en la cabeza con el rollo. Por lo menos ya no llevaba la escayola. Eso sí que dolía, cuando te daba un golpe con ella.

Entonces la señorita Simms dejó el examen de Jean sobre su mesa y Jean se inclinó sobre el papel para que Gertie no viera la nota. Pero Gertie estiró el cuello, sujetó la mano de su amiga, le apartó los dedos y consiguió ver la nota: *9,7.*

—Suelta —dijo Jean y sacudió la cabeza para que su cabello azotara la cara de Gertie.

Un papel se posó delante de Gertie, y la letra grande y clara de la señorita Simms le saltó a los ojos. *¡Buen trabajo! 9,9.*

Gertie pegó un chillido y se tapó la boca con las manos. Era la primera vez que sacaba un 9,9 en un examen. La primera vez en su vida. De pronto se sintió como una persona distinta, como una de esas personas que sacaban nueves en los exámenes. Separó un poco las manos de la boca.

—Dios mío.

La señorita Simms sonrió.

—Bien hecho, Gertie.

Junior miraba de reojo a Jean mientras se mordisqueaba el cuello de la camiseta. Jean se levantó y empujó bruscamente la silla bajo la mesa.

—Yo, claro, saqué un diez en ese examen. —La voz de Mary Sue llegó flotando desde las taquillas del otro lado de la clase, donde estaba abrochándose los relucientes botones plateados de la chaqueta mientras hablaba con Ella.

Gertie seguía con las manos en la cara. Las bajó lentamente.

—En California los colegios son mucho mejores —añadió Mary Sue, y sonrió a Gertie por encima del hombro al salir de clase.

Gertie miró su 9,9 y la nota de la señorita Simms: *¡Buen trabajo!* Le dieron ganas de arrancar de la hoja un signo de exclamación, blandirlo como una espada y perseguir a Mary Sue Spivey por los pasillos. Metió el examen entre las hojas de un libro y lo cerró con fuerza.

Cuando levantó la mirada, la señorita Simms la estaba observando. La maestra se sujetó un mechón de pelo detrás de la oreja.

—Gertie, puedo hablar contigo —dijo la señorita Simms.

No era una pregunta.

Gertie miró a sus amigos con el ceño fruncido. Junior se encogió de hombros para demostrarle que él tampoco sabía qué quería la señorita Simms. Pero Jean ni siquiera la miró. Se dirigió hacia la puerta con la espalda tiesa como un palo.

Gertie esperó a que se marcharan todos y, cuando estuvo a solas con la maestra, se acercó a su mesa, que estaba cubierta de papeles, agendas, impresos y barras de pegamento.

La señorita Simms apoyó los codos sobre un montón de papeles y cruzó las manos.

—Gertie, ¿hay algo que te moleste?

Gertie la miró extrañada.

Le molestaban las etiquetas de la ropa, cuando picaban. Y tener que estarse quieta en la iglesia también le molestaba. Y que Audrey Williams arrancara las hojitas de su bonsái para dar de comer a su amigo imaginario.

Pero en ese momento no estaba molesta. Estaba aterrorizada. Notaba unos pinchazos en el pecho, como si fuera a darle un ataque al corazón. Sería la primera niña de diez años del mundo a la que le daba un infarto, y cuando los médicos le preguntasen qué había pasado, les diría con voz quejumbrosa: *La culpa es de Mary Sue Spivey.*

La señorita Simms carraspeó, sacando a Gertie de su ensimismamiento.

—Me he fijado en que estás estudiando más que nunca —comentó—, y estoy orgullosa de ti. Pero también tengo la impresión de que algo te preocupa.

Naturalmente, no era una *cosa* lo que preocupaba a Gertie. Era una *persona*. Pero Gertie no podía hablarle a la señorita Simms de Mary Sue. No la creería. Mary Sue siempre se hacía la simpática cuando los profes estaban cerca. La señorita Simms no había visto su sonrisita cuando prácticamente le arrancó un bombón suizo de las manos. No había visto su mirada calculadora al anunciar a los cuatro vientos que ella había sacado un diez en el examen. Gertie creía que, si su maestra lo *supiera*, le sería más fácil soportar a Mary Sue, pero seguro que la señorita Simms no la creería, y eso empeoraría más aún las cosas.

Negó con la cabeza.

—¿Es por lo que pasó el Día de los Trabajos?

—¡No! —exclamó Gertie.

No le apetecía nada hablar de aquello.

La maestra suspiró.

—Muy bien, Gertie. —Se recostó en su silla—. Sabes que conmigo puedes hablar si lo necesitas, ¿verdad?

Gertie asintió al mismo tiempo que daba media vuelta para marcharse, aunque sabía que no sería capaz de hablar con la señorita Simms.

Fuera, los niños gritaban, los coches pitaban y los padres bramaban órdenes. Gertie enganchó los pulgares en los tirantes de la mochila y se dirigió al autobús arrastrando los pies. Con el rabillo del ojo, vio que algo se movía. Había otro cartel pegado a la tapia de ladrillo del colegio. Gertie se acercó a echarle un vistazo.

¡El Club Tierra Limpia da una fiesta!, anunciaba el letrero. *Se servirán canapés. SRCA*[1], añadía. Gertie se

---

1. «Se ruega confirmar asistencia.» *(N. de la T.)*

quedó clavada en la acera. La parte de abajo del cartel ondeaba al viento. Alumnos y padres pasaban junto a él y le echaban miradas. Una oleada de vergüenza embargó a Gertie y, sin pensar lo que hacía, arrancó el papel de la pared. Lo hizo cachitos y los cachitos cayeron al suelo a cámara lenta como si estuviera en una película. No, en una película, no. En un *filme*. Cuando el último trozo de papel tocó la acera, se oyó el chasquido de la claqueta. *¡Corten!*

Y entonces Gertie comprendió que se había metido en un lío. En un lío de los gordos.

Mary Sue estaba inmóvil en medio de la turbulenta muchedumbre de niños que salían del colegio. Miró el suelo y luego la miró a ella. Gertie estaba segura de que iba a darle un puñetazo en la cara. Eso habría hecho ella si alguien hubiera arrancado su invitación. Se preparó para el asalto.

Pero Mary Sue volvió a mirar el cartel tirado en el suelo. Y una sonrisa cruzó su cara tan rápidamente que Gertie casi pensó que era producto de su fantasía. Un segundo después, la sonrisa había desaparecido y dos lágrimas que brillaban como diamantes rodaron por las mejillas de Mary Sue.

Gertie tragó saliva.

—Mary Sue, yo no quería…

No le dio tiempo a decir nada más, porque de repente *todo el mundo* estaba allí.

—Ay, no llores. —Roy se puso el balón de fútbol bajo el brazo y dio unas palmaditas a Mary Sue en la espalda. Miraba a Gertie como si la viera por primera vez.

Gertie notó que subía los hombros.

—Yo…

Tenía que hacerles entender que la mala no era *ella*. Que solo lo parecía. Que no había sido esa su intención.

—Yo pienso ir a la fiesta, Mary Sue —dijo Ella, y se volvió hacia Gertie—. ¿Por qué has hecho eso?

Todos empezaron a decir a la vez que iban a hacerse miembros del Club Tierra Limpia. Se pusieron detrás de Mary Sue y miraron a Gertie con enfado.

—Yo no… Yo…

Alguien le estaba tirando de la manga.

—*Gertie* —susurró Junior tirando de ella hacia atrás—. Vámonos, Gertie.

12

Una cosa es una cosa y otra cosa es otra cosa

Tía Rae decía que a veces uno tiene un día horrible, un día de perros, de esos en los que uno piensa que nada le saldrá bien nunca más, pero que luego duermes a pierna suelta y a la mañana siguiente los Twinkies te saben más ricos y cremosos que nunca. Y todo se arregla. O al menos no parece tan horroroso como antes. A veces te das cuenta de que son solo imaginaciones tuyas. Y otras veces ves de pronto que todo va a salir bien y te sientes de maravilla. Pero esta *no* era una de esas veces.

A la mañana siguiente, Gertie cruzó la cocina de mala gana, arrastrando la mochila por el suelo.

—Dales duro, cariño —dijo tía Rae.

Gertie contestó con un gemido.

Cuando se subió al autobús, todo el mundo empezó a cuchichear y a ponerle mala cara. Hasta el palillo que el conductor llevaba en la boca la apuntaba con aire acusador. *Sí,* parecía decir. *Eres la que hizo llorar a esa niña californiana tan simpática.*

Los Twinkies le supieron a desesperación, pegajosos y huecos al mismo tiempo, y el chico de primer curso que iba delante de ella la miraba cada vez que daba un mordisco.

Cuando la señorita Simms empezó con la lección de mates, Gertie buscó su lápiz dentro del pupitre. Pero estaba roto. Sacó otro lápiz y también estaba roto. Todos sus lápices estaban rotos.

—Señorita Simms —dijo—, no tengo lápiz. —Notó que todos la observaban—. Debo de habérmelo dejado en casa —dijo.

La maestra suspiró y buscó un lápiz en el cajón de su mesa.

Gertie se inclinó sobre su cuaderno y trató de concentrarse.

Se esforzaba todo lo que podía por destacar en el colegio, pero, cada vez que creía estar haciendo progresos, algo salía mal.

Los lápices rotos fueron solo el principio. Los deberes desaparecían de su taquilla. ¡De su taquilla! Cuando le tocaba leer en voz alta, Ella se ponía a toser y tosía tan fuerte que Gertie no podía ni acabar de leer una frase. Y durante los exámenes, cuando la señorita Simms no miraba, notaba la picazón de una goma restallándole en la nuca.

Un día, a la hora de la comida, se estaba comiendo su ensalada de pera en una mesa con Jean y Junior mientras miraba con enfado un cartel del Club Tierra Limpia pegado en la pared del comedor.

—Esto es cosa *suya*. —Pinchó un trozo de pera con el tenedor y señaló el cartel—. No puedo demostrarlo, pero está…

—¡Gertie! —Junior siguió la dirección en la que apuntaba el tenedor de Gertie y levantó las cejas—. ¿Qué…?

—Está tramando algo con ese club. —Gertie parpadeó. El trozo de pera que estaba a punto de comerse tenía pegada una tirita arrugada—. *¡Puaj!*

Sacudió el tenedor hasta que la pera y la tirita se desprendieron de las púas y chocaron con la pared.

Oyó risas detrás de ella y al volverse vio a Roy y a Leo partiéndose de risa. Ewan Buckley estaba a su lado. Se subió las gafas por la nariz y se tiró de la pernera del pantalón. Su rodilla, permanentemente arañada, estaba al descubierto. Supuraba y tenía una mancha más pálida en el centro, en forma de tirita. Un escalofrío recorrió a Gertie como si buscara una forma de salir de su cuerpo.

La tirita se despegó de la pared y cayó al suelo.

A Jean le dio risa cuando estaba a punto de beber un sorbo de leche. Gertie la miró enfadada.

—No estarás de su parte, ¿no?

Jean se encogió de hombros.

—Bueno, ya sabes, Mary Sue tiene razón en lo de la contaminación.

Junior las miró a las dos.

—¿Cómo puede uno estar seguro? —Tragó saliva—. Lo digo porque una cosa es una *cosa* y otra cosa es otra *cosa*. Y unos dicen esto y otros... aquello... y... —Su voz se fue apagando.

—Lo que pasa es que quieres llamar la atención, como siempre —le dijo Jean a Gertie.

—¡Eso no es verdad! ¡No se trata de...!

—Si de verdad quisieras que fuéramos amigas, no intentarías ser más lista que yo. Las amigas no hacen eso.

Gertie miró la tirita arrugada, tirada en el suelo del comedor.

—No es que quiera ser mejor que tú —empezó a decir—. Tengo que hacerlo..., tengo que hacerlo porque... —Respiró hondo—. Porque quiero..., porque antes de que mi madre se vaya quiero...

Era algo totalmente evidente, pero muy difícil de explicar con palabras. Como intentar explicarle a Audrey para qué servía el dedo gordo del pie.

—Quiero demostrarle que no la necesito.

Su mesa se había convertido en un paréntesis de silencio en medio del ruidoso comedor. Ahora le tocaba a Jean decir que la entendía.

—Pero ser la más lista es *mi* misión —dijo—. Ser la más lista es importante para *mí*.

Gertie se quedó mirándola. Acababa de decirle que se había embarcado en una misión muy importante y a Jean no le importaba. Su mejor amiga debería haberlo entendido.

—Siempre estamos con tus misiones. Pero ¿qué pasa con lo que quiero yo? —Jean depositó bruscamente su cartón de leche sobre la mesa—. No es justo.

Gertie tragó saliva. No sabía que Jean también quisiera tener misiones. De haberlo sabido la habría ayudado, aunque seguramente serían unas misiones aburridísimas, porque Jean no tenía tanta imaginación como ella.

—¿Y bien? —preguntó Jean.

Gertie no supo qué decir.

—Yo te ayudaría si...

A Jean se le hincharon las aletas de la nariz.

—¿Quieres que seamos amigas o quieres seguir con esa estúpida misión?

Gertie se llevó la mano al guardapelo. Se suponía que tu mejor amiga no llamaba «estúpida» a tu misión. Y que las buenas amigas lo eran para siempre.

—No voy a darme por vencida —contestó.

Jean no tembló como un volcán a punto de estallar. Se quedó muy quieta y, sin saber por qué, Gertie pensó que aquello era mucho peor. Jean apartó los ojos de su cara y los fijó en su bandeja. Luego agarró su tenedor de plástico muy despacio, como si pesara cien kilos, y empezó a comer masticando cada bocado un millón de veces antes de tragar.

Ninguno de los tres dijo nada. Junior intentó darle a Jean las cerezas de su ensalada de pera, pero ella no le hizo caso.

Gertie se puso a hurgar en su plato con el tenedor, en busca de más tiritas.

13

La gente es muy veleta

—¡Tía Rae! —gritó Gertie—. ¡Tía Rae!

Tía Rae entró corriendo en la cocina.

—¿Qué pasa?

Gertie se abrazó a su cintura.

—Todo el mundo me odia.

Tía Rae le frotó los brazos como si intentara hacerle entrar en calor.

—¿Quién te odia, tesoro?

—¡Todo el mundo! —respondió Gertie—. Antes me querían. Me *adoraban*, y ahora me odian.

Tía Rae chasqueó la lengua.

—¿Qué ha pasado?

Gertie se apartó de sus brazos y se dejó caer en una silla.

—Que arranqué sin querer una invitación…

Su tía arrugó la frente.

—… para la fiesta de Mary Sue.

—¡Gertie!

—¡Fue sin querer! Y además era muy pequeñita, tía Rae, de verdad. —Separó los dedos un poquito para que su tía se hiciera una idea—. No lo hice a propósito. Tienes que creerme. Es una cosa horrible, eso de la fiesta del club. Y además hurgan todos en mi taquilla. Y nadie se habría enfadado si... —Gertie respiró hondo.

—¡Está bien, está bien! Te creo.

—¿Sí? —Gertie levantó la mirada.

Tía Rae asintió.

—Te creo.

—Ah. —De repente la cocina le pareció menos fea. El fondo de las cazuelas relucía un poco más—. Entonces, ¿por qué me odia todo el mundo?

Tía Rae agarró un vaso y lo llenó de agua.

—La gente es muy veleta.

Puso el vaso delante de Gertie.

Gertie pensó que aquella palabra, *veleta*, era demasiado bonita y alegre. No encajaba en el contexto. Sus compañeros de clase eran malvados, odiosos y...

—¿Qué es «veleta»? —preguntó Audrey, parada en la puerta.

Una de las muchas cosas exasperantes de tener que cuidar a Audrey era que no se podía mantener una conversación seria entre adultos.

—«Veleta» —dijo tía Rae— quiere decir que cambian de opinión constantemente y sin ningún motivo. Como los niños del colegio de Gertie. Tan pronto les cae bien como les cae mal.

—Creo que no deberíamos hablar de esto delante de Audrey —dijo Gertie.

—Los Walton no hacen eso —dijo Audrey meneando la cabeza—. Ellos se caen bien todo el rato.

—Uf, Dios mío. —Gertie apoyó la cabeza en la mano.

Tía Rae le dio un vaso de agua a Audrey.

—Tus amigos no te odian, Gert. Están pasando por una fase. Audrey, ¿de qué tienes manchada la ropa? —preguntó.

Audrey se tiró de la camiseta y examinó las manchas como si fueran objetos fascinantes.

—Entonces, ¿qué hago? —preguntó Gertie.

Estaba dispuesta a probar cualquier cosa porque tenía que volver a concentrarse en su misión. Intentaría cualquier cosa que le sugiriera tía Rae. Bebió un sorbo de agua para ver si la ayudaba.

Pero no sirvió de nada.

—¿Qué hago? —repitió al ver que su tía se limitaba a fruncir el entrecejo y a rascarse la cabeza.

—¿Mamá te ha traído una camiseta limpia, cielo? —preguntó tía Rae.

—Dios mío —repitió Gertie.

Aunque Jean no le hablaba y la gente era muy veleta, Gertie habría podido concentrarse. Habría podido concentrarse en sus deberes a pesar de los lápices rotos y de los latigazos de las gomas en el cuello. Habría podido concentrarse en planear la forma de ser de una vez por todas la mejor alumna de quinto curso. Habría podido concentrarse, si los demás hubieran dejado de hablar de la fiesta de Mary Sue.

Pero hablaban sin parar de la fiesta en voz alta.

Contaban que Mary Sue tenía una piscina *climatizada* en la que uno podía bañarse en *noviembre*. Que la madre de Mary Sue había contratado un servicio de cáterin profesional. Que la casa de Mary Sue tenía una escalera gigantesca con una barandilla de madera reluciente perfecta para deslizarse por ella.

Y también hablaban de la fiesta en voz baja.

—¿Puedes traer los carteles? —le preguntó Ella a Ewan el miércoles, cuchicheando.

—¿Te ha dicho Mary Sue lo que tiene pensado? —le susurró Leo a Ewan el jueves en el recreo.

El viernes, Roy fingió que tenía que atarse el zapato justo al lado de la mesa de June y, mientras lo hacía, susurró de medio lado:

—Ya tengo los tarros para...

—¡Chist! No hables de eso aquí —le dijo June, y lanzó una mirada a Gertie—. En el recreo.

Y en el pasillo, Leo se inclinó hacia Roy cuando Gertie pasó a su lado.

—¡Me da igual! —gritó ella—. No hace falta que cuchicheéis. ¡No quiero formar parte de vuestro club privado!

La miraron como si fuera una loca peligrosa. Y Gertie los miró con furia porque quería que pensaran que tenían razón: que era peligrosa, *muy* peligrosa.

Se sacó el guardapelo de debajo de la camiseta y lo agarró con fuerza.

—No pasa nada —se dijo en voz baja—. Nada.

—Tienes que ir a esa fiesta —le dijo Gertie a Junior mientras volvían a casa en el autobús.

Junior se puso a dar patadas en el asiento de delante.

—Creía que no íbamos a ir.

—Y no *vamos* a ir —respondió Gertie—. Yo no puedo ir. Pero necesito saber qué están planeando y delante de mí no quieren hablar de su club.

—¡Yo tampoco puedo ir!

—Sí que puedes. Vas a ser mi topo.

Gertie había oído hablar de los topos en televisión. El topo fingía ser amigo de los malvados y utilizaba un micrófono oculto para informar de sus planes perversos.

—Sé lo que es un topo —dijo Junior—. Vi una peli sobre un topo que se hacía pasar por un delincuente y lo asesinaban y se lo daban de comer a una pantera que se llamaba Dalila.

Habían visto la misma peli.

—Pero eso no va a pasarte a ti —le aseguró Gertie.

—¿No?

—¿De verdad crees que Mary Sue tiene una pantera llamada Dalila?

Junior empezó a mecerse de un lado a otro.

—El cartel decía «Se ruega confirmar asistencia» y yo no confirmé mi asistencia, así que seguramente no me dejarán entrar.

—Claro que te dejarán entrar. Si les dices que estás harto de mí y que me odias, te dejarán. Además, «SRCA» no significa eso.

Junior ladeó la cabeza.

—¿Y qué significa?

—No cambies de tema. Te dejarán entrar. Y habrá tarta.

—¿Seguro? No es una fiesta de cumpleaños.

El autobús se detuvo con un chirrido para que bajara un niño.

—Claro que habrá tarta. En todas las fiestas hay tarta.

Junior dejó de mecerse.

—Me gusta la tarta —dijo, y luego se mordió el labio—. ¡Pero están planeando algo horrible!

—¡Chist! —Gertie miró a su alrededor para asegurarse de que nadie los oía—. De *eso* se trata. Tienes que averiguar qué están planeando, porque, si es algo que va contra mi misión, tenemos que enterarnos. Para poder evitarlo, tenemos que saber qué es.

—Seguramente habrán montado una banda para hacerte picadillo —dijo Junior cuando el autobús se detuvo frente a la casa de Gertie—. Y habrá también un comité para hacerme papilla a mí por ser tu amigo.

El conductor tocó el claxon.

—Junior —dijo Gertie—, por favor, tienes que ser mi topo.

Junior apoyó los pies en el asiento del autobús y pegó las piernas al pecho para dejarla salir al pasillo.

—¿Y si me entra miedo?

—¡Eh, tú, trasto! —gritó el conductor—. ¡Tu parada!

Gertie se echó la mochila al hombro, miró a Junior, agazapado en su asiento, y comprendió que iba a asustarse porque se asustaba de todo, pero no se lo dijo.

—Junior Junior —dijo—, confío en ti.

La sorpresa de Junior fue mayúscula.

Al bajar del autobús, Gertie miró hacia atrás y vio que la miraba por la ventanilla. Dejó caer la mochila al suelo, se puso firme y le hizo un saludo militar.

Junior dejó de mordisquearse el labio. Se sentó un poco más derecho y se llevó la mano temblorosa a la frente, y casi pareció —pensó Gertie— un saludo marcial.

14
Dalila

—Mi nombre es Parks —dijo moviendo las cejas arriba y abajo—. Junior Parks.

Audrey se tapó la boca con la mano y empezó a reírse.

—¡Chist! —Gertie miró a su alrededor.

Junior bajó tanto las cejas que a Gertie le preocupó que se le cayeran de la cara.

—No me *siento* como un agente secreto —dijo.

—¿Por qué no? —preguntó Audrey.

Estaban escondidos detrás de un matorral, frente a la casa de Mary Sue Spivey, que era más bien una mansión. Los padres de Audrey estaban pasando un «fin de semana de parejita» en Pensacola. Gertie sabía que, para el señor y la señora Williams, irse «de parejita» significaba irse sin Audrey. A ella también le habría venido bien pasar un fin de semana sin Audrey. Sobre todo, *ese* fin de semana.

Gertie miró por entre la maleza. Un coche aparcó en la calle y de él salió Ella Jenkins llevando una cartulina.

—Estupendo —dijo Gertie.

Junior se agarraba a los matojos como si fuera una lancha salvavidas.

—¿Qué es lo peor que podría pasar? —preguntó Gertie dándole unas palmaditas en la espalda.

—¡Que te atrapen! —gritó Audrey.

Gertie le tapó la boca con la mano.

—¡Calla! —susurró—. Tienes que estar calladita como un ratón, ¿recuerdas?

Audrey asintió y Gertie volvió a mirar a Junior.

—Aunque te atrapen —dijo—, lo peor que puede pasar es que te digan que te vayas y que vuelvas aquí y que nos vayamos a casa.

Junior soltó los matojos y asintió.

—Es lo peor que puede pasar —le aseguró Gertie. Y eso creía ella.

Vio a Junior acercarse a la puerta de los Spivey. Temblaba tanto que parecía que estaba bailando o imitando a un pollito. Cuando llegó a la puerta, se paró y empezó a mecerse de un lado a otro, en el sitio.

—¿Por qué no entra? —le preguntó Audrey a Gertie al oído.

—Venga. Vamos, Junior. —Gertie retorció una ramita entre las manos, deseando que Junior siguiera adelante.

Él levantó la mano hacia la aldaba de la puerta y la retiró como si se hubiera quemado con el metal. Luego se puso derecho, se pasó la mano por el pelo de punta y empujó la puerta. Ya estaba dentro.

—Sí. —Gertie se echó hacia atrás, aliviada.

—¿Y *ahora* qué hacemos? —preguntó Audrey.

—Ahora esperamos a que vuelva.

—¿Por qué?

—Porque no podemos dejarlo aquí solo. —Gertie se abrazó las rodillas y siguió observando la casa.

—¿Crees que hay un payaso ahí dentro? —Audrey se había agachado y tenía la barbilla apoyada en las rodillas.

—Es un club secreto —contestó Gertie—. Y en un club secreto no hay payasos. Están planeando hacerme alguna maldad para que no pueda cumplir mi misión.

—Ah —dijo Audrey, y Gertie pensó que a lo mejor se callaba cinco segundos por lo menos—. ¿Qué misión?

—Voy a ser la mejor alumna de todo quinto curso, ¿de acuerdo?

Audrey se metió las manos en los bolsillos del impermeable rosa.

—¿Por qué?

—Calladita como un ratón —susurró Gertie.

Audrey la miró con enfado, pero por una vez en su vida se calló.

Gertie siguió vigilando la casa y esperando. En aquel momento, dentro de aquella mansión, Junior estaría convenciendo a los demás de que la odiaba y de que quería unirse a su club, y recabando pruebas de que eran ellos quienes la estaban saboteando en el colegio. Luego saldría de allí lo antes posible y se lo contaría todo a Gertie. Estaba chupado.

Gertie esperó. Y esperó. ¿Estaba en la Fase Cuatro o en la Fase Cinco? Esperó tanto que se le entumecieron las piernas y a Audrey le dio tiempo a llenarse los bolsillos con hojas del matorral, a cavar un hoyo, a enterrar las hojas y a hacer diecisiete preguntas.

Gertie se metió las manos debajo de las axilas para que no se le enfriaran. Un coche pasó a toda pastilla por la calle.

—Voy a acercarme a la casa para mirar por una ventana —dijo por fin—. Tú quédate aquí.

—Tía Rae dijo que me llevaras contigo —dijo Audrey—. Que no tenías que perderme de vista.

—No es tu tía —repuso Gertie.

—Pero la llamo «tía Rae».

—Pero *no* es tu tía, así que deberías llamarla «señorita Rae».

—Tampoco es tu tía. Es demasiado vieja.

—Pero yo no puedo ir por ahí diciendo todo el rato «tía abuela Rae» —replicó Gertie—. Se tarda demasiado y tengo muchas cosas que hacer—. Audrey se disponía a replicar, pero Gertie no le dejó meter baza—. Quítate la chaqueta —le ordenó, y empezó a quitarse la suya—. Porque es rosa chicle y tenemos que intentar que no nos vean —añadió adelantándose a la pregunta de Audrey.

Dejaron los abrigos junto al matorral y Gertie sujetó a Audrey por la muñeca. Se pegaron a la pared y avanzaron de puntillas hasta la ventana más próxima. Gertie se llevó el dedo a los labios. Oyó risas y gritos dentro de la casa. Se asomó por encima del alféizar de la ventana y volvió a bajar la cabeza.

—¿Qué has visto? —susurró Audrey.

Había visto a June Hindman. Respiró hondo y volvió a mirar. June, Leo y Ella.

Junior no estaba. No estaba por ninguna parte.

Le hizo señas a Audrey para que la siguiera y avanzaron por un lado de la casa hasta llegar a una puerta corredera de cristal. Gertie echó una ojeada y vio que la puerta daba a una cocina muy luminosa que, por suerte, estaba desierta.

—Tú no te muevas de aquí —le susurró a Audrey.

Audrey meneó la cabeza.

—Quédate aquí —ordenó Gertie.

Audrey hizo un puchero, pero cruzó los brazos y se agachó.

La puerta no estaba cerrada con llave. Gertie entró en la cocina y se acercó sigilosamente a una puerta que llevaba al interior de la casa. Por un momento, a pesar de que el corazón le latía a toda máquina, se sintió de verdad como una espía de película.

Había mucho ruido en la casa. El ruido de la tele, risas, voces, toses, soplidos y un frufrú de papeles.

—¿Crees que soy el tipo de chico que le gusta a Jessica Walsh?

Gertie dio un brinco. La voz de Roy había sonado muy cerca. Se apartó un poco de la puerta abierta.

—No es tan simpática —dijo Mary Sue—. Bueno, somos amigas, claro, pero la verdad es que es una estirada.

Si Mary Sue Spivey pensaba que Jessica Walsh era una estirada, debía de ser tan tiesa y llevar la cabeza tan alta que seguro que olía hasta los pedos de los ángeles.

—Pero yo solo digo que si le gusta un tipo de chicos…

—Eso da igual —dijo Mary Sue—, porque ya ha vuelto a California.

—¿Sin decirme adiós? —preguntó Roy—. ¿Va a volver?

—No —contestó Mary Sue ásperamente—. Mi padre ya ha acabado de rodar. Y se ha marchado. Y yo también me iré pronto a casa. Estoy deseando volver a una ciudad *de verdad*.

¡Mary Sue iba a marcharse! Gertie estuvo a punto de ponerse a dar palmas de alegría, pero se contuvo a tiempo. *Qué bien*, pensó y, aguzando el oído, se inclinó un poco más hacia la puerta abierta. *¡Sayonara, robasitios!*

En la habitación de al lado se oyó un murmullo cuando todos se pusieron a comentar, enfurruñados, que Mary Sue iba a marcharse y que ya no podrían conocer a Jessica Walsh.

—¡Pero no puedes irte! —exclamó Ella—. Somos superamigas.

—Bueno, puede que no nos vayamos *tan* pronto —dijo una voz de mujer.

La activista, pensó Gertie.

—Todavía no hemos decidido nada.

—*Sí* que lo hemos decidido —replicó Mary Sue en un tono que a Gertie le habría valido una buena regañina.

—Nos gusta esto —continuó la señora Spivey como si su hija no hubiera dicho nada—. Mi trabajo es muy importante, y a Mary Sue le gusta ir al colegio con niños normales. ¿Verdad que sí?

—¿Es que hay otro tipo de niños? —preguntó Roy.

Gertie jamás habría pensado que se pondría de parte de Mary Sue, pero de pronto deseó que se saliera con la suya y volviera al lugar que le correspondía, o sea, a California.

Pero no la oyó contestar.

Pensándolo bien, tampoco oía la voz de Junior.

Se asomó por la puerta medio segundo y no lo vio por ninguna parte. Los del cuarto de estar estaban concentrados haciendo algún trabajo de manualidades. Leo parecía estar pintando un dibujo en una cartulina.

¿Qué le habían hecho a Junior? Se lo imaginó atado en el desván. O encerrado en un cuarto de baño.

—Estoy deseando ver su cara cuando vea esto —dijo Ella.

Gertie resolvió mandar a Audrey a casa de los vecinos para que llamaran a la policía e informaran de que había desaparecido un niño. O, mejor, de que lo habían secuestrado y, posiblemente, asesinado.

—Se va a cabrear —dijo Leo.

Aquello ya no era una misión de recogida de información. Era una misión de rescate. Gertie volvió sobre sus pasos y salió sin hacer ruido por la puerta de cristal.

—Audrey —susurró en voz muy baja—, quiero que vayas corriendo…

Pero se quedó helada, y no por el frío.

Audrey había desaparecido.

Gertie se dio una palmada en la frente. Había perdido a Junior y a Audrey. Tía Rae iba a matarla. ¿Qué le diría a la señora Parks?

No sabía si asustarse o enfadarse. ¿Y si Audrey corría verdadero peligro por culpa suya? Aunque le estaría bien empleado, porque ¿acaso no le había dicho que se quedara quietecita? Y el pobre Junior, siempre tan asustado… ¿Cómo había podido estropearlo todo? ¿Es que no habían repasado el plan tres mil veces? Todo esto era culpa suya, de Gertie.

Delante de la casa de Mary Sue Spivey, tiritando, se preguntó qué debía hacer. Tiritó otra vez y entonces se dio cuenta de que Audrey también se habría puesto a tiritar. Seguro que le habían dado ganas de entrar y estaba en la casa, calentándose.

¿Por qué, oh, por qué no había dejado que se dejara la chaqueta puesta? Gertie se tragó su miedo, dio media vuelta y volvió a entrar en la casa.

—¿Audrey? —susurró en dirección a la gran cocina vacía.

Pasó junto a la puerta abierta del cuarto de estar y avanzó sigilosamente por el pasillo. Una gruesa alfombra amortiguaba sus pasos mientras iba de puerta en puerta. Pasaba a hurtadillas frente a las que estaban abiertas y pegaba la oreja a las que estaban cerradas, deseando oír la voz de Junior o la de Audrey. Las habitaciones eran enormes y los cuadros y los muebles parecían salidos de un museo. Gertie se preguntó si Rachel Collins se habría ido a vivir a la calle Jones si tía Rae hubiera tenido una casa como aquella. Arrimó el oído a una puerta y oyó pasos que se acercaban.

Echó a correr. Abrió la primera puerta que se encontró, la atravesó y se quedó muy quieta. Estaba en un armario grande y oscuro.

—¿Hola? —llamó la madre de Mary Sue desde el otro lado de la puerta.

Gertie se tapó la nariz y la boca con la mano y cerró los ojos. Los buenos espías no se dejaban atrapar.

—Habrá sido el gato —dijo la señora Spivey hablando para sí misma.

A Gertie Reece Foy no la atraparían.

Cuando oyó que los pasos de la señora Spivey se alejaban, suspiró aliviada y dio un paso atrás, pensando que iba a encontrarse con un suave y mullido montón de abrigos. Pero tropezó con el bulto suave y blandito de una *persona*. ¡No estaba sola en el armario!

—Soy yo.

—¡Junior! —Gertie se frotó el pecho—. ¡Por Dios! ¡Casi me da un infarto! ¿Qué haces aquí?

—Chist. —La respiración de Junior le atronaba los oídos—. E-estoy escondido.

—¿Llevas aquí *desde el principio?*

—Vámonos —dijo Junior agarrándola del brazo—. Por favor.

—No. —Gertie se desasió de él—. Tenemos que encontrar a Audrey.

—¿A Audrey? —chilló Junior—. ¿Has perdido a Audrey?

—¡Se ha perdido ella solita! —susurró Gertie—. Ay, Dios mío. Ay, Dios mío.

Audrey se había perdido y estaban los tres en territorio enemigo. Pensaba que lo peor que podía pasar era que pusieran a Junior de patitas en la calle, pero se había equivocado.

—Vamos —dijo, y abrió la puerta del armario.

Echó a andar por el pasillo sin hacer ruido. Junior iba pegado a su codo, andando de puntillas. Entraron en un comedor con una mesa lo suficientemente grande para doce personas. Audrey no estaba escondida debajo de la mesa. Rodearon la habitación y acabaron frente a un cuarto en el que la señora Spivey estaba tecleando en un ordenador. No levantó la vista cuando pasaron sigilosamente por delante de la puerta abierta. A Gertie le sudaban las manos. Se asomó a otro cuarto de estar, más pequeño, en el que un par de zapatitos sobresalían por encima del respaldo del sofá. Le dio un brinco el corazón.

Entró a toda prisa tirando de Junior. En el sofá, junto a Audrey, había una señora viendo la tele. Gertie dejó escapar un suspiro.

—Yo veo siempre esta serie —dijo Audrey.

La señora mascaba chicle, y el chicle se movía arriba y abajo, arriba y abajo, dentro de su mejilla.

—Me gustaría que mi familia fuera así —añadió Audrey.

—Audrey —susurró Gertie—, tenías que quedarte fuera. Te he buscado por todas partes.

Audrey no apartó la mirada de la tele.

—Me entró frío.

—Vámonos —suplicó Junior, agarrado todavía al brazo de Gertie.

—Id a jugar con los demás —dijo la señora—. Estamos viendo la tele.

—¿Quién es usted? —preguntó Gertie.

—Brenda. —La señora hizo restallar el chicle entre sus dientes—. La asistenta.

Gertie creía que las criadas llevaban uniforme negro, cofia y delantal blanco con puntillas y que hablaban con acento raro: *Aquí ties tuz paztillaz pa l'alergia, tezoro.* Pero aquella criada llevaba vaqueros y deportivas y hablaba como todo el mundo.

—No parece una criada —dijo Gertie.

—Será porque soy una *asistenta*. —Brenda la miró de arriba abajo—. Y *tú* no pareces muy contenta para estar invitada a una fiesta.

—Somos espías —dijo Audrey sin desviar la mirada del televisor.

—¿Espías? —Brenda hizo restallar de nuevo su chicle.

—Espías. —Audrey asintió con la cabeza.

—¡Anda, mira tú! —dijo Brenda, y levantó la voz—. ¡Oiga, señora Spivey, que hay aquí unos espías!

—¡No! —gritaron Gertie y Junior a la vez.

—¿Qué pasa?

La señora Spivey apareció en la puerta y miró con cara de despiste a los niños y a la asistenta.

—¡Socorro! —gritó Junior.

Se oyeron retumbar pasos por toda la casa. Gertie retrocedió un poco y chocó con una silla.

Mary Sue pasó junto a su madre.

—¿Qué haces *tú* aquí? —le espetó a Gertie—. Esto es un club, y tú no estás invitada.

—Sí que estaba invitada —contestó Gertie, porque fue lo único que se le ocurrió, y se puso más derecha—. Invitaste a todo el colegio. Y yo soy del colegio. Y es mi derecho… —Apartó a Junior y levantó un dedo—. Es mi derecho como ciudadana estar aquí.

—Mary Sue —dijo la señora Spivey—, ¿no crees que tenemos sitio para uno más?

—No confirmó su asistencia con antelación —respondió su hija.

Gertie iba a decir que de todas formas estaba a punto de irse, porque aquella fiesta era una birria, cuando Jean se abrió paso entre el grupito de niños que se había reunido allí para contemplar la escena.

Al verla, Gertie se quedó sin respiración. Jean, *su* Jean, sostenía una lata grande forrada de papel en la que se leía *Club Tierra Limpia*. Una gota de pintura azul se deslizó por la lata y cayó en la alfombra blanca.

—Bueno, Mary Sue… —empezó a decir la señora Spivey.

—¿Es que no lo entiendes? No te queremos aquí —dijo Ella.

Pero a Gertie no le importaba lo que dijera Ella, por horrible que fuese, porque no había nada peor que ver a Jean en la mansión de Mary Sue mirando fijamente el goterón de pintura azul que había caído en la alfombra.

—¡No seáis malos con ella!

Se volvieron todos a mirar a Audrey, que se puso delante de Gertie, apoyó las manos en las caderas y los miró con cara de enfado.

Gertie cerró los ojos. *No, no, no.* Volvió a abrirlos.

—Algún día —dijo Audrey sacando tripa— os ganará a todos. ¡Porque va a ser la mejor alumna de quinto curso del mundo! ¡Es su misión! —añadió en tono triunfante.

Miró a los niños más grandes, a la señora Spivey y a Brenda. Gertie dejó de respirar.

Ella se echó a reír. Luego le siguieron Roy y Leo. Y Mary Sue. Empezaron todos a reírse de ella.

—Ah, sí —dijo Leo—. Eso habrá que verlo. Gertie no es la mejor en nada.

—¿Lo veis? —Mary Sue la miró con furia—. Me odia porque soy mejor que ella. Me tiene envidia.

Ewan se subió las gafas y miró a Gertie meneando la cabeza.

Gertie notó que le ardían las orejas. No podía respirar. Vio puntitos negros. Vio una mancha negra que corría por una estantería colocada muy alta, en la pared. Pero la mancha negra no podía ser una alucinación causada por la falta de oxígeno, porque tiró un jarrón de la estantería. La porcelana se hizo añicos contra el suelo.

—¡Pantera! —gritó Brenda.

Junior dio un brinco de medio metro.

—¡Dalila! —chilló.

—¡Pantera, baja de ahí! —ordenó la señora Spivey.

Un gato negro saltó de la estantería y aterrizó sobre la cabeza de Junior. Junior se puso a chillar. El gato le clavó las zarpas en la cara y los hombros.

La señora Spivey y Brenda se abalanzaron sobre él y cada una agarró una pata del gato. El gato empezó a maullar a grito pelado. Junior chilló aún más fuerte.

—¡No le hagáis daño! —gritó June.

Puede que se refiriera a Junior, o quizás al gato.

Gertie tomó aire y se lanzó hacia delante. Agarró al gato por otra pata y, echándose hacia atrás, tiró de ella con todas sus fuerzas. El animal dio un alarido y soltó a Junior. Aterrizó en el suelo y salió corriendo como un rayo.

Junior también echó a correr.

Gertie huyó tras él. Sin saber adónde iba, corrió detrás de Junior, que seguía chillando. Cruzaron la puerta principal y siguieron corriendo calle arriba.

Huían como si les persiguiera el diablo. Les ardían los pulmones. Sus zapatillas deportivas volaban sobre el cemento de la acera. Por fin se detuvieron, jadeando. A Gertie le picaban los ojos. Se apoyó contra una farola y puso las manos en las rodillas.

—Era un gato —repetía Junior una y otra vez—. Un ga-ga-ga-gato.

Gertie asintió. Siguió inclinada intentando recuperar el aliento hasta que oyó pasos por la acera. Entonces se incorporó y vio acercarse a Audrey.

Cuando por fin los alcanzó, le faltaba la respiración.

—¡Jopé! —dijo casi sin aliento—. ¡Jopé! Les hemos dado una buena lección, ¿eh?

—¡No! —contestó Gertie—. ¡No les hemos dado ninguna lección!

La boca de Audrey dibujó una pequeña *o* y su carita se arrugó como cuando algo hería sus sentimientos. Pero la culpa de todo la tenía *ella*. Era ella quien se había ido de la lengua.

—¡Lo has estropeado todo! —dijo Gertie—. ¡No me extraña que tus padres no quieran estar contigo!

En cuanto aquellas palabras salieron de su boca, le dieron ganas de retirarlas. Lo que había dicho estaba muy mal. Estaba fatal.

Junior se puso blanco y su palidez contrastó con las marcas rojas que las zarpas del gato le habían dejado en la cara y el cuello. Audrey se dejó caer de culo en la acera.

Gertie se arrodilló a su lado.

—Audrey —dijo—, no lo he dicho en serio.

Y era verdad, no lo *había* dicho en serio, de verdad que no. Se le había escapado, había sido un horrible accidente. Como cuando se te cae el helado del cucurucho, o te caes de la bici, o pisas un grillo sin querer.

—Lo siento —dijo.

Audrey levantó las rodillas y se le desbordaron las lágrimas.

Gertie la abrazó. Su pelo olía a manzanas.

—Lo siento mucho.

No lo había dicho en serio, pero sabía que esta vez, por más que intentara explicárselo, no conseguiría nada.

15
Ay, Junior

Junior estaba pasando lo que tía Rae llamaba «una crisis existencial».

—Nunca había tenido tanto miedo —decía—. No podía hacerlo, y pensaba: *Si no lo hago, seré el peor amigo del mundo*. Y me entró el pánico porque iba a ser el peor amigo del mundo. Y entonces a lo mejor no querías ser mi…

Gertie apoyó la cabeza en el asiento del autobús y miró por la ventana sin ver nada. Quizás en el colegio todos se habrían olvidado de lo que había pasado. A lo mejor ya no se acordaban de que se había colado en la fiesta. Ni de lo que había dicho Audrey.

—Quería ayudarte, pero cuando intenté entrar en la habitación…

Gertie suspiró.

—Es que…, es que… no pude. —Junior bajó la cabeza—. No merezco llevar una cresta.

Siguieron el viaje en silencio, Junior rascándose el pelo, que empezaba a crecerle, y Gertie retorciéndose las manos al pasar frente a la casa de la calle Jones. *En venta*, decía el cartel, *Inmobiliaria Sol*.

—Lo siento.

—No pasa nada —contestó Gertie, a pesar de que sí que pasaba, y mucho.

El autobús se detuvo delante del colegio con un gemido. Gertie llevaba tanto tiempo mirando por la ventana que solo veía su propio reflejo.

—Oh, no —dijo Junior.

—¿Qué pasa? —Gertie parpadeó y se frotó los ojos, hasta que vio lo que estaba mirando Junior.

Casi todos los alumnos de quinto curso se habían congregado delante del colegio arrebujados en sus abrigos y marchaban cantando en círculos alrededor de una mesita que habían montado junto a la puerta principal. Delante de la mesita había una cartulina que decía *Club Tierra Limpia* y, encima, un montón de octavillas. Detrás había tres niñas —Mary Sue, Ella y Jean— que se encargaban de repartir las octavillas.

Los niños del autobús no recogieron sus mochilas a toda prisa, como hacían normalmente. Se quedaron mirando la escena por las ventanillas, boquiabiertos. El niño de primero que se sentaba delante de Gertie se volvió y la miró.

—Se van a meter contigo —dijo con voz nasal—. ¿Qué vas a hacer?

El conductor del autobús se sacó el palillo de la boca y se lo puso detrás de la oreja. Meneó la cabeza y echó mano de la palanca que abría las puertas.

La mayoría de los niños se habrían escondido debajo del asiento lleno de chicles pegados y pintarrajos. Se habrían negado a salir del autobús y el conductor habría tenido que sacarlos a rastras. Eso era lo que esperaban que hiciera Gertie.

Pero Gertie no era como la mayoría de los niños. Se puso de pie y se echó la mochila al hombro.

—No irás a salir, ¿verdad? —Junior se tocó los arañazos del gato que tenía en la cara.

Gertie pasó por su lado y recorrió el pasillo del autobús sin hacer caso de los niños que se inclinaban para mirar por las ventanillas. Bajó los escalones y se metió entre el gentío de niños que entonaban cánticos y marchaban en círculo.

El ruido le hacía daño en los oídos.

—¡Queremos mares limpios! ¡Queremos mares limpios! —cantaban.

Gertie pensaba cruzar entre la gente y entrar en el colegio como si no les oyera, como si no estuvieran allí, pero antes de que pudiera dar otro paso se oyó un grito.

—¡Ahí está! —anunció Ella, señalándola con el dedo.

Luego agarró una octavilla y la agitó en el aire para que Gertie viera que en ella había dibujada una plataforma petrolífera tachada con una gran equis roja. Gertie sintió que aquella plataforma no era una plataforma cualquiera. Era la de su padre. Y no pudo soportarlo.

—¡A vosotros no os importa el mar! —gritó—. ¡Solo hacéis esto porque sois malos! ¡Todos vosotros!

—¡Salvemos el planeta! —gritó Mary Sue dirigiéndose a los alumnos que bajaban en tromba de los autobuses.

Unos cuantos padres que habían ido a llevar a sus hijos se acercaron a la mesa.

—¡Paremos las perforaciones! —canturreó Roy por un megáfono, y apuntando con el megáfono a la cara de Gertie repitió—: ¡Paremos las perforaciones!

Gertie se tapó los oídos. Su padre era una buena persona. Si estuviera allí, todos se darían cuenta. Lo sabrían. Sabrían que era una buena persona. Si le conocieran, no podrían gritarle.

Pero…, pero Jean lo conocía. Había ido muchas veces a su casa y había escuchado las historias que contaba Frank Foy, y había comido los pepinillos fritos que cocinaba y había ido a la playa con él. Sabía que era una persona estupenda y, sin embargo, allí estaba, aceptando dinero de un niño y metiéndolo en una lata.

—Gracias por apoyar el Club Tierra Limpia —dijo Mary Sue en tono zalamero.

—¡Paremos las perforaciones! ¡Paremos las perforaciones!

Los manifestantes dieron media vuelta y siguieron marchando alrededor de la mesa en sentido contrario.

—¡Sois todos…! —Gertie buscó una palabra que le pareciera lo bastante fuerte—. ¡Sois todos unos VELETAS!

Antes aquella palabra le sonaba dulce y tierna, pero cuando se la escupió a los miembros del Club Tierra Limpia no sonó nada dulce. Leo se detuvo en seco, con la boca abierta. June chocó con él, Roy chocó con June y los cánticos se interrumpieron.

—Tenemos que hablar —le dijo la señorita Simms a la clase en tono apacible y cuidadoso.

Los niños se miraron entre sí.

La maestra cruzó las manos sobre la mesa.

—¿Os parece bien decir que hay que eliminar las plataformas petrolíferas sabiendo que el padre de Gertie trabaja en una?

La clase guardó silencio.

—¿Cómo creéis que se siente Gertie? —preguntó la señorita Simms. Como nadie contestaba, añadió—: June, ¿cómo crees que se siente Gertie?

Gertie tragó saliva. Sus sentimientos eran suyos y su sitio estaba dentro de ella, no fuera, donde todo el mundo podía verlos y pincharlos. La señorita Simms debía de odiarla. Gertie se quedó mirando una mancha que había en su mesa.

—Seguramente le da vergüenza que su padre trabaje en una cosa tan horrible —dijo June.

La maestra miró a June hasta que June empezó a retorcerse en su silla.

—¿Qué más creéis que siente Gertie? ¿Ewan?

—Yo creo que tiene que avergonzarse. Porque es una envidiosa. Y porque se cree mejor que los demás.

Gertie se mordió el labio. Siempre le había caído bien Ewan, incluso después de lo de la tirita. Por lo menos nunca se había burlado de ella como hacía Roy.

—Y ahora todos lo sabemos —concluyó Ewan.

En la primera fila, Mary Sue se dio la vuelta y le hizo una mueca a Gertie.

—Yo creo que, si yo fuera Gertie —dijo la señorita Simms—, me sentiría dolida con vuestro club.

Nadie dijo nada.

—Gertie, ¿hay algo que quieras decirles a tus compañeros?

Diecisiete pares de ojos se clavaron en Gertie como agujas.

Ella levantó la barbilla.

—Que yo no estoy dolida.

La señorita Simms suspiró.

—Me alegro de que no hayan herido tus sentimientos, Gertie. Pero aun así me parece que la clase debería considerar si está llevando este club de la mejor manera posible.

—Nos insultó —dijo Ella.

—Con una palabra que empezaba por *uve* —añadió Ewan echando la cabeza hacia atrás para poder mirar por los cristales de las gafas.

La maestra pestañeó.

—Gertie no debería haberos insultado, pero...

—No los insulté —dijo Gertie, a pesar de que su intención había sido usar la palabra más horrenda y ofensiva del diccionario.

—¡Sí que nos insultaste! —la interrumpió Leo—. Nos insultó. Yo lo oí.

—¡Silencio! —ordenó la señorita Simms, cambiando su tono suave por el de «ya estoy harta»—. Ahora estamos hablando del rumbo que pensáis que debería seguir vuestro club. Y de si conviene o no que habléis de él durante las horas de clase.

—¿Quiere decir que no se nos permite actuar para que el mundo sea un lugar mejor? —preguntó Mary Sue.

—No, no estoy diciendo eso —contestó la señorita Simms.

—¿Y el mundo no sería un lugar mejor si no hubiera nadie trabajando en plataformas petrolíferas?

Miraron todos a la maestra.

Ella bajó las cejas.

—Sí —dijo—. Supongo que sí, si lo miras desde ese punto de vista. —Suspiró y abrió el cajón de su mesa—. Pero las reuniones del club tenéis que hacerlas en vuestro tiempo libre y no en el colegio. —Sacó el reglamento del colegio—. Está prohibida toda actividad extraescolar no patrocinada por el propio centro.

La señorita Simms vio sus caras de estupefacción.

—Así que se acabaron los cánticos y las manifestaciones.

La clase empezó a refunfuñar. La maestra volvió a guardar el reglamento en el cajón y lo cerró de golpe.

—Ahora, sacad vuestros deberes.

—Siempre hay alguien que lo estropea todo —masculló Ella.

Mientras abrían sus mochilas, los demás siguieron gruñendo y mirando a Gertie con cara de malas pulgas, como si fuera culpa suya que su club ya no pudiera reunirse, cuando ella no había hecho nada.

La clase entera la odiaba. Jean estaba sentada a su lado, con los brazos cruzados, como si Gertie no existiera. ¿Y si tenían razón?, pensó Gertie. ¿Y si su padre estaba destruyendo el planeta y le había mentido acerca de lo maravilloso que era su trabajo? ¿Y si la tonta, y si la que se equivocaba, era *ella*?

Llamaron a la puerta justo a tiempo y, espabilándose, Gertie se sacudió su desesperación. Se llevó la mano al guardapelo. Tenía una misión que cumplir, se dijo. Y no podía darse por vencida.

La puerta de la clase se abrió antes de que alguien se levantara para ir a abrirla.

—¡Junior! —exclamó sorprendida la señorita Simms.

El conductor del autobús sostenía el palillo en una mano y con la otra agarraba del hombro a Junior, que tenía los pelos de punta en todas direcciones y la camiseta torcida. Gertie se dio cuenta entonces de que no recordaba haberlo visto salir del autobús. Y de que tenía pinta de que lo habían sacado a rastras de debajo de un asiento.

El conductor lo empujó para que pasara por la puerta abierta.

—Es suyo, ¿verdad, señora?

—Ay, Junior. —La señorita Simms cerró los ojos y se frotó las sienes—. *¿Dónde* te has *metido*?

16

Una oportunidad excelente

El primer día de las vacaciones de Navidad, Gertie estaba junto a la ventana delantera, con los codos apoyados en el alféizar, mirando la carretera llena de baches, con sus descoloridas rayas amarillas.

Respiró hondo y sopló sobre el cristal helado. Deslizó el dedo por el vaho dibujando un corazón. Cuando el corazón se borró, volvió a empañar el cristal y escribió su nombre. Y luego el número de teléfono de los Zeller. Iba a escribir *Rachel*, pero antes de que acabara vio a través de las letras que una camioneta azul se acercaba lentamente por la carretera. Despegó el dedo del cristal cuando la camioneta se desvió hacia su casa.

—¡Ya está aquí! —gritó, y salió corriendo a la calle.

En cuanto su padre se bajó de la camioneta, Gertie se lanzó en sus brazos y él la abrazó tan fuerte que la levantó del suelo.

—¡Quiero enseñarte una cosa! —dijo Gertie cuando volvió a dejarla en el suelo.

Su padre metió la mano en la cabina de la camioneta y sacó su bolsa de viaje.

—¿Sí? —Arqueó las cejas—. ¿Es una sorpresa?

—Sí. ¡Y te va a *encantar*! ¡Ya verás! —prometió.

Entraron en la casa y tía Rae les distrajo con lo que su padre llamaba «lo normal».

Dame la bolsa, que voy a ponerme a lavar ese montón de calcetines mugrientos y *¿Qué tal el viaje?* y *¿Te has enterado de que fulanito se murió la semana pasada?* y *Gertie, déjalo respirar, hombre* y *Hay que volver a limpiar los canalones.*

Pero, por fin, Frank Foy se derrumbó en la tumbona, levantó el reposapiés y se puso a menear los dedos por debajo de los calcetines, apuntando al arbolito de Navidad artificial.

—Bueno, Gertie Reece —dijo—, ¿dónde está mi sorpresa?

Gertie corrió a su habitación y se lanzó sobre la cama. Metió la mano debajo de la almohada y sacó el periódico. Regresó a todo correr al cuarto de estar y sacudió el periódico delante de su padre hasta que lo agarró. Inclinándose sobre su hombro, señaló un párrafo de los anuncios breves que había rodeado con un círculo de tinta azul.

—Ahí está —dijo—. Ahí lo tienes.

—«Se precisan conductores de camión» —leyó su padre, y la miró por encima del periódico.

Gertie hizo un gesto afirmativo con la cabeza y le indicó que siguiera.

Frank Foy volvió a fijar los ojos en el periódico y leyó:

—«Imprescindible permiso de conducir clase C. Cincuenta horas semanales. Para más información, dirigirse a Josh.» —Levantó la mirada.

Gertie asintió de nuevo.

Su padre se rascó la barbilla.

—¿Conocemos a Josh? —preguntó.

Ella le indicó que no meneando la cabeza.

—A ver si lo adivino. ¿Quieres sacarte el carné para conducir camiones?

—¡No! Bueno, puede que algún día. Pero ahora mismo no. No. ¡*Tú* puedes ser conductor de camión! —Juntó las manos sobre el pecho—. Es una oportunidad excelente.

Frank Foy dobló el periódico y le dio un golpecito con él en la cabeza.

—Gertie, yo no quiero ser camionero.

—¿Por qué no?

Había leído todos los anuncios de trabajo y aquel era el mejor. A ella le parecía muy interesante conducir un camión. Podías pasarte el día escuchando la radio y llevar gafas de sol y beber refrescos con hielo machacado.

—Ya tengo trabajo.

Gertie rodeó a su padre y se sentó en el borde de la mesa baja. Apoyó los brazos en las piernas y suspiró. Confiaba en que su padre se decidiera por el trabajo de camionero sin hacer preguntas. Lo miró.

—Pero, papi, ese no es un buen trabajo. —Estiró el brazo y le dio unas palmaditas en la rodilla.

—¿Quién lo dice? —Su padre lanzó el periódico al sofá.

—¡Todo el mundo!

Él se reclinó en la tumbona.

—¿Qué es lo que dice todo el mundo?

—Que las perforaciones para sacar petróleo son malas porque ensucian el mar —contestó Gertie a toda prisa, como si se arrancara de golpe una tirita.

—Ya. —Su padre frunció el ceño y se quedó callado un rato.

—Bueno, ¿y qué? —preguntó ella—. ¿Es verdad?

Él contempló el árbol envuelto en espumillón.

—Sí —contestó.

Gertie apretó las manos unidas.

—Es verdad que a veces, casi nunca, pero a veces, hay vertidos de petróleo y mueren muchos peces y se contamina el mar. Y es verdad que con el petróleo se fabrica combustible que luego la gente quema. —Una arruga apareció en su frente—. Hay muchos factores, supongo —dijo.

—Entonces, ¿por qué trabajas en eso? ¿Por qué mejor no eres camionero?

—Bueno, bueno, calma. Las perforaciones petrolíferas no son *tan* malas. ¿Tus amigos no van en coche? ¿No conducen sus padres? —preguntó.

Gertie se encogió de hombros.

Él asintió con la cabeza.

—Claro que sí, y cuando conducen están quemando combustible que también es malo para el medio ambiente. Pero lo hacen de todos modos porque necesitan el coche para ir al colegio, y al trabajo, y a hacer la compra, y para ir a todas partes.

—Al hospital, por ejemplo —añadió Gertie.

Su padre pestañeó.

—Exacto —dijo—. Si tuvieran que ir al hospital, seguramente irían en coche. Y eso está bien. ¿No?

A Gertie ya nada le parecía bien.

—Y los agricultores usan tractores para cultivar alimentos. Los tractores necesitan gasoil para funcionar. Y hay toda clase de productos que se fabrican con petróleo. Necesitamos el petróleo para seguir viviendo como vivimos. Por lo menos, hasta que se invente algo mejor.

—Pero ¿no preferirías ser camionero? —Gertie agarró el periódico.

—No. Me gusta mi trabajo.

—¿Por qué?

—Porque se me da bien y eso hace que me sienta orgulloso —dijo levantando un dedo—. Porque me llevo muy bien con mis compañeros de trabajo. —Levantó otro dedo—. Y porque gano dinero suficiente para que tú, yo y tía Rae comamos y tengamos agua, ropa y casa, y hasta nos sobra un poco para comprar otras cosas, como tebeos y bonsáis. —Levantó un dedo más.

—Todo el mundo te odia —afirmó Gertie—. Pero si te buscaras otro trabajo, dejarían de odiarte.

—Todo el mundo… —repitió su padre y, bajando el reposapiés, se inclinó hacia delante y la miró a los ojos—. ¿Esto es por lo de tu madre?

—¡No! —exclamó Gertie.

—Porque seguiría sin gustarle a *todo el mundo* aunque fuera camionero.

—¡Eso no lo sabes! Si fueras el mejor camionero del mundo, a lo mejor le gustabas.

Él estuvo un rato mirándose las manos, y cuando volvió a levantar la cabeza tenía una mirada triste.

—La gente que me quiere, me quiere al margen de cuál sea mi trabajo. —Sacudió la cabeza—. Creía que ya lo sabías. —Suspiró—. ¿Por qué no te vas a tu habitación y lo piensas?

—¿Qué?

Gertie se quedó de piedra. Su padre nunca la había mandado a su habitación. A ella no solían mandarla a su habitación, no era de esa clase de niñas. Ella era buena. ¿Cómo podía haberlo olvidado su padre?

—Vete —ordenó él señalando la puerta.

Gertie se levantó y echó a andar por el pasillo con las piernas rígidas. Cuando llegó a su cuarto, cerró de un portazo.

Muy bien.

Si a su padre le molestaba que diera un portazo, que se lo dijera. Podía venir a verla y ella le explicaría que la puerta era suya y que podía cerrarla de golpe si le daba la gana.

Pero no vino nadie.

Normalmente, cuando a su padre se le acababan las vacaciones y hacía la maleta para volver a la plataforma petrolífera, Gertie le rogaba que no se marchase. Normalmente se abrazaba a su cuello tan fuerte que su padre le decía que parecía un bulldog mascando una rueda, o un percebe pegado al casco de un barco. Normalmente, Gertie le suplicaba que echara un último vistazo al diente que se le movía, o a su cómic a medio acabar o a los hongos de su bonsái. Normalmente, le aseguraba que le echaría de menos cada segundo del día. Normalmente.

Su padre entró en la cocina con su bolsa de viaje al hombro.

Tía Rae estaba restregando los platos con el cepillo de fregar.

—Gertie, tu padre se va —dijo.

Pero Gertie no levantó los ojos de sus deberes de español, desplegados sobre la mesa de la cocina.

—¡Gertie! —la reprendió tía Rae—. Tu padre se va a trabajar de sol a sol para que tú puedas comer y tengas ropa para vestirte.

Gertie borró una respuesta.

No necesitaba que su padre le diera de comer. A fin de cuentas, siempre podía comerse el almuerzo de Junior. Y tampoco necesitaba vestirse. Había oído contar que había personas que nunca se vestían. Que iban completamente desnudas por ahí. Vivían en sitios llamados «colonias nudistas» donde se untaban en la piel mucho repelente para insectos y...

—Dile-adiós-a-tu-padre-ahora-mismo —ordenó tía Rae.

Gertie levantó por fin los ojos del libro.

—*Adiós, amigo* —dijo en español.

17
¿Qué pasa con la comida basura?

La verdad es que era una suerte que Gertie ya no le cayera bien a nadie. Porque, como ya nadie la molestaba en el recreo, tenía veinte minutos más cada día para estudiar. Y era *estupendo* no tener que preocuparse de si hería o no los sentimientos de Jean. Además, se alegraba de que Audrey estuviera enfadada con ella porque así no le pedía cada dos por tres que jugaran a las casitas o buscara el mando a distancia. Disponía de muchísimo tiempo para estudiar. Completamente sola. Y aislada.

Y encima daba resultado, porque la siguiente vez que la señorita Simms les hizo un examen de mates no falló ni una sola pregunta.

Gertie miró a Jean, que se esforzaba por fingir que su ex mejor amiga no estaba sentada a su lado. ¿Había visto la nota de su examen? Gertie carraspeó. Jean se puso a revolver su mesa, haciendo ruido con los libros y los lapiceros del número dos.

Gertie se volvió hacia el otro lado y le enseñó su examen a Junior.

—He sacado un diez —dijo—. Un diez.

Junior miró la hoja y luego miró a Jean y bajó los hombros.

—¿Tú has oído algo, Ella? —preguntó Mary Sue.

—No —contestó Ella con una sonrisita—. No he oído nada.

Mary Sue se volvió hacia la segunda fila.

—Jean, ¿has oído algo?

Jean no levantó los ojos de su mesa.

—*Yo* no he oído nada.

Mary Sue le dedicó una sonrisa radiante.

Gertie era por fin la mejor en algo, pero ¿de qué le servía si a todo el mundo le importaba un pimiento? Miró con furia la parte de atrás de la cabeza de Mary Sue. Tenía la impresión de llevar toda la vida mirando aquella cabeza rubia.

—Silencio —dijo la señorita Simms mientras echaba una mirada al reloj—. Quiero que os portéis bien.

Junior suspiró y, usando un solo dedo, le devolvió el examen a Gertie. Ella dobló el papel.

Alguien llamó a la puerta.

—Chicos —dijo la señorita Simms—, la señora Stebbins viene a hablar con vosotros. Vais a tratarla con respeto, como haríais con cualquier adulto o invitado que viniera a nuestra clase.

Pero no hacía falta que la señorita Simms les dijera que se portaran bien.

Stebbins era la profesora de plástica, teatro y música. La única que la llamaba «*señora* Stebbins» era la señorita Simms. Para los demás era Stebbins a secas.

Llevaba pendientes de perlas, dentadura postiza y un moño gris sujeto con un montón de horquillas. Todo el mundo estaba de acuerdo en que trabajaba en el Colegio de Enseñanza Primaria Carroll desde hacía ciento siete años. Y todo el mundo hacía lo que mandaba porque, si se enfadaba contigo, te encerraba en el armario del material de plástica y ya no te dejaba salir nunca más, ni aunque se lo ordenara el director, ni al final del curso escolar, ni aunque tuvieras que ir al cuarto de baño.

Por eso, cuando Stebbins entró y se situó frente a la clase, a nadie se le ocurrió portarse mal con ella.

Sin dar siquiera los «buenos días», Stebbins propuso:

—Vamos a hacer una obra de teatro.

Mary Sue levantó la cabeza bruscamente.

—*¡Romeo y Julieta!* —chilló Ella.

—No —replicó Stebbins.

—¿Una obra sobre *ninjas*? —preguntó Roy.

—No.

—¿Una…?

Stebbins levantó la mano.

—Trata de una niña llamada Evangelina La Que No Se Comía Las Verduras.

Hablaba de aquella Evangelina como si lo dijera todo con letras mayúsculas. Gertie alisó las arrugas de su examen de matemáticas mientras la profesora continuaba:

—Un grupo de niños hará de las distintas comidas basura que le gustan a Evangelina, y otro grupo de niños hará de los alimentos saludables que no le gustan. Al principio, Evangelina estará contenta con sus amiguitos de la comida basura, pero luego se volverán contra ella y la harán enfermar. Y entonces… —Al llegar aquí, Stebbins resopló por la nariz—, cuando parezca que todo está perdido, la madre de Evangelina, muerta de preocupación, llegará con las verduras, las frutas y los alimentos saludables que habían tirado a la basura y Evangelina se pondrá bien.

Evangelina… El corazón de Gertie saltó como un pez. *E-van-ge-li-na.* Sonaba bien.

Sus compañeros de clase empezaron a cuchichear. El de Evangelina parecía un buen papel. Pero los demás papeles de la obra tenían pinta de ser de esas cosas que los adultos hacen para traumatizar a los niños de por vida. Como cuando tía Rae le enseñaba a Junior fotos de Gertie desnuda cuando era un bebé.

—¿Y qué pasa con la comida basura? —preguntó Jean.

—Que acaba en el contenedor. —Stebbins se hundió una horquilla en el moño—. O sea, que muere.

La señorita Simms juntó las cejas y se aclaró la garganta.

Stebbins no le hizo caso.

—Espero que hagáis todos la prueba para la obra. La hoja para apuntarse estará colgada en la puerta del armario de material de mi aula.

Junior se estremeció.

—¿Quién va a ser Evangelina? —preguntó Roy.

Parecía aterrorizado, y Gertie comprendió que se estaba imaginando lo espantoso que sería actuar delante de todo el colegio disfrazado de nabo. Tal vez a una niña de preescolar como Audrey le hiciera gracia disfrazarse de cebolla, pero los de quinto de primaria no podrían volver a aparecer en público nunca más.

—Yo quiero ser Evangelina.

Mary Sue se giró en su asiento.

—Evangelina es nombre de *chica*.

—Podríamos cambiárselo por Evan —sugirió Roy.

—¡Como Ewan! —exclamó Ewan—. Pero con uve —añadió formando una uve con los dedos.

Stebbins miró a Roy.

—Solo las chicas podrán hacer la prueba para el papel de Evangelina, y yo elegiré a la que sea más apta para representarlo. —Su dentadura postiza chasqueó cuando dijo *apta*.

—Siempre les dan los mejores papeles a las chicas —se quejó Roy.

Stebbins levantó una ceja. Roy la miró con enfado un segundo. Luego cruzó los brazos y desvió la mirada.

La profesora no se molestó en despedirse de los alumnos ni de la señorita Simms antes de salir del aula y cerrar de un portazo.

En cuanto se marchó, empezaron todos a hablar a la vez sobre quién haría de Evangelina y qué disfraces llevarían y si tendrían que cantar, lo que sería horroroso, porque odiaban cantar.

—Supongo que tendré que hacer la prueba para algún papel —le dijo Junior a Gertie en el recreo—, porque si no Stebbins me encerrará en el armario. Aunque seguro que lo voy a hacer fatal. Me entrará el miedo escénico. Así que no sé por qué me molesto.

La señora Parks le había rapado la cresta, y Junior se tocaba constantemente la cabeza pelada como si buscara algo que ya no estaba allí.

Gertie estaba tan emocionada por la obra que no pudo seguir escuchándolo y se acercó a un corro que se había formado alrededor de Mary Sue.

—La segunda cosa que conviene saber acerca de las audiciones… —estaba diciendo Mary Sue con voz aguda.

Le brillaban los ojos y algunos pelos rubios se le habían pegado al brillo de labios.

Con las cabezas muy juntas, Roy y Leo estaban discutiendo en voz baja formas de hacer que la obra de Stebbins fuera menos penosa.

—Podrían caer patatas fritas del techo, por todas partes —sugirió Leo, y movió los dedos imitando la forma en que lloverían patatas fritas.

Gertie se acercó a ellos y, poniéndose de puntillas, se inclinó hacia delante. Tenía tantas ganas de mezclarse con los demás que notaba un cosquilleo de ansiedad en los dedos.

—Ojalá haya una gran escena de lucha —dijo en voz baja, imitando el tono de Leo—. Como una batalla entre los alimentos buenos y malos.

A Roy se le iluminó la cara. Parecía mirar a lo lejos, y Gertie comprendió que se imaginaba ya en el escenario, luchando a brazo partido con una sanísima zanahoria.

—¡Sí! —exclamó—. Con tenedores y… —Pero entonces se fijó en Gertie y, al darse cuenta de con quién estaba hablando, le dio la espalda.

18

Detesto los guisantes

Los de quinto curso tenían clase de plástica, música y teatro en un aula llena de mesas con sillas desparejadas, disfraces a los que les faltaban lentejuelas y antiguas manualidades que esparcían trocitos de pintura y pegamento por el suelo. A veces, Stebbins decidía darles plástica y se ponían a colorear con ceras rotas. A veces decidía darles música y cantaban «América la bella» hasta que se quedaban roncos y empezaba a dolerles la garganta (a nadie se le ocurría jamás pedir un vaso de agua). Y a veces decidía darles teatro y representaban pequeñas escenas o simulaban ser árboles o animales de la selva. A Gertie, lo que más le gustaba era el teatro.

Ese día, Stebbins les dijo que se sentaran silenciosos como tumbas mientras les leía el guion de la obra. Evangelina era un poco quejica pero, según el guion, también era guapísima y cuando se ponía enferma todo el mundo se preocupaba por ella, lo cual era muy considerado por su parte.

Gertie se imaginó en el escenario: miles de personas contenían la respiración al ver a Gertie-Evangelina poniéndose cada vez más enferma, hasta que un espárrago entraba corriendo en el escenario y la salvaba y todo el mundo aplaudía y ella les dedicaba una débil sonrisa.

La voz de Stebbins la sacó de su ensimismamiento.

—Ahora que habéis oído la obra, id a apuntaros para el papel al que os vais a presentar.

La clase al completo corrió a apuntarse en la hoja. Alguien empujó a Gertie contra el gigantesco patito de papel maché que había en un rincón del aula, y acabó en la última fila del pelotón que se había formado junto a la puerta donde estaba pegada la hoja. Tenía delante a June y Ella.

—Yo voy a presentarme al papel de Evangelina —dijo June poniéndose de puntillas para ver quién se estaba apuntando, y Gertie solo alcanzó a ver su gruesa trenza.

—Ah —dijo Ella, y bajó la voz, pero aun así Gertie pudo oírla, y estaba segura de que los demás también la oyeron—. No sé, June, a lo mejor no deberías. Mary Sue también va a presentarse para ese papel. Y ya sabes que se lo van a dar a ella. Es tan guapa… Sería *muy* humillante presentarse para un papel y que se lo den a otra.

June volvió a apoyar los talones en el suelo.

—Sí. Supongo que se lo darán a ella.

Gertie se miró las punteras sucias de sus zapatillas.

—Prácticamente es actriz —añadió Ella moviendo afirmativamente la cabeza—. Porque, como su padre es director de cine y ella se ha criado con *Jessica Walsh*…

—Sí. —June se encogió de hombros, pero luego sonrió—. ¡Oye! ¡Sería genial que Jessica Walsh saliera en nuestra obra!

—¿Qué? —dijo Mary Sue, y de pronto apareció entre June y Ella—. Yo puedo hacer de Evangelina igual de bien.

June dio un paso atrás y pisó a Gertie.

—Solo digo que sería genial que saliera alguien famoso en nuestra obra —dijo—. Nada más.

Mary Sue puso cara de fastidio.

—La fama no tiene nada que ver con el *verdadero* talento —dijo dándose la vuelta.

June y Ella se miraron levantando las cejas a su espalda.

—Yo voy a intentar ser el Pepino —dijo Ella por fin—, porque los pepinos son esbeltos y bonitos.

—Y entonces, ¿a qué me presento yo? —preguntó June.

—¿A Calabacín? —dijo Ella.

Junior había llegado junto a la puerta del armario y todo el mundo le decía que se diera prisa. Cerrando los ojos, acercó el lápiz a la hoja. Dio en el papel de Patata y escribió su nombre en el hueco correspondiente.

Roy, que estaba justo detrás de él, se inclinó hacia delante y pegó la cara a su oreja.

—*Miau.*

Junior pegó un salto agitando los brazos y le dio sin querer un codazo en la nariz. Roy se llevó las manos a la cara.

—¡Ayyyy!

La clase se apartó de Roy y Junior.

—¡Cielos! —gritó Leo—. ¡Un golpe directo!

Junior se apartó tambaleándose mientras Roy chillaba y se agarraba la nariz. Stebbins apareció a su lado y todos se quedaron callados.

La profesora lo miró entornando los ojos.

—No es para tanto.

A Roy se le saltaron las lágrimas.

—Pero…

Stebbins apoyó la mano en el pomo del armario. La clase retrocedió un poco más arrastrando los pies.

—He visto cosas peores —dijo.

—Tiene razón, no es para tanto —masculló Roy, pensando evidentemente en los pobres niños que sin duda seguían atrapados allí dentro, con los viejos botes de pintura y las cartulinas.

Gertie fue la última en apuntarse. Miró la hoja y los nombres de sus compañeros de clase, escritos chapuceramente a lápiz o a boli de distintos colores junto a papeles como Naranja, Plátano, Pepino, Golosina, Refresco de Cola y Patatas fritas.

Solo una persona se había presentado al papel de Evangelina. Mary Sue había escrito su nombre con letras tan grandes que en la columna solo quedaba un espacio del tamaño de una uña de meñique.

Gertie dio vueltas a su lápiz entre las manos. No quería ser el Plátano. Ni tampoco el Refresco de Cola. Pero sería *muy* humillante presentarse al papel y que no se lo dieran. Se reirían todos de ella. La hoja le bailaba delante de los ojos.

—Naturalmente, *Gertie* va a presentarse al papel protagonista. —Mary Sue levantó la voz para que todo el mundo la mirara—. A fin de cuentas —añadió riendo—, está *empeñada* en ser la mejor.

Leo se rio con un bufido.

Gertie se mordió el labio, acercó la cara a la hoja y escribió su nombre en el espacio pequeñísimo que quedaba junto a Evangelina La Que No Se Comía Las Verduras.

—Vas a hacer el ridículo —afirmó Mary Sue—. Como siempre.

Gertie *no* iba a hacer el ridículo, porque iba a practicar para ser Evangelina cada segundo del día. Sabía que, para conseguir el papel, tendría que esforzarse más que nunca.

—*Adoro* los Twinkies —le dijo a Junior en el autobús al día siguiente, y se metió un Twinkie entero en la boca. Luego intentó decir «Me encantan los dulces, solo voy a comer dulces toda mi vida», pero como tenía la boca tan llena le salió—: Muanwantan o duce. Oo oi a omé uce oa i iia.

—Me alegro —contestó él frotándose los ojos soñolientos—. Porque yo voy a intentar hacer de Patata y no quiero que me comas.

Cada vez que se caía, que se tropezaba o que notaba un pinchazo, Gertie se llevaba las manos a la tripa y exclamaba «¡Ay, mamá, qué mal me siento!», que era lo que decía Evangelina cuando se ponía enferma durante la parte más dramática de la obra. Y ensayó que se desmayaba y que se caía encima de un montón de cojines hasta que se le dio tan bien desmayarse que ya ni siquiera necesitaba los cojines. Podía caerse directamente al suelo sin hacerse daño.

Fase Número La-que-fuese: convertirse en una *estrella* de la actuación.

Después de pasarse toda la tarde ensayando en el jardín delantero, Gertie entró en casa, se quitó la chaqueta y se dejó caer en una silla justo a tiempo para la cena. Tía Rae le sirvió un cucharón de guisantes a Audrey y luego puso la cazuela junto al plato de Gertie. Gertie se puso tensa.

Tía Rae hundió el cucharón en la cazuela, lo ladeó para escurrir el caldo y empezó a moverlo hacia el plato de Gertie.

—Aquí tienes…

—¡No! —exclamó Gertie-Evangelina levantando las manos como si rechazara algo tan espantoso que su sola visión pudiera dejarla ciega—. No me gustan los guisantes.

Aquello no le sonó bien. No era propio de Evangelina. Lo intentó otra vez.

—No soporto los guisantes. Detesto los guisantes. *Guisaaaanteees, ¡puaj!* —gritó horrorizada, y fingió que le daban arcadas y que se atragantaba.

Cuando se le pasaron las arcadas y el atragantamiento, apoyó la mejilla sobre la mesa y estuvo cinco segundos con la lengua colgando. Luego se incorporó y se retiró el pelo de la cara.

Tía Rae y Audrey la miraban fijamente.

—¿Se puede saber qué narices estás haciendo? —preguntó tía Rae.

Audrey tomó un guisante de su plato y lo miró con el ceño fruncido, como si no supiera si comérselo o no.

—Estoy haciendo de Evangelina —explicó Gertie—. La protagonista de la obra. Todo el mundo la adora. Pero no come guisantes, ni ninguna verdura.

Tía Rae le puso una cucharada de guisantes en el plato con tanta fuerza que el caldillo salpicó la cara de Gertie.

—Pues *a mí* no me gusta mucho esa Evangelina. —Limpió el cucharón golpeándolo contra el borde de la cazuela.

Gertie se limpió la cara y suspiró.

—Tía Rae, a Evangelina la quiere *todo el mundo* —explicó—. Es guapísima e interesante, y se pone malita. Pero no pasa nada, porque al final su madre le da de comer un montón de verduras.

—Ya. —Tía Rae no parecía muy contenta—. ¿Y qué va a decir tu *padre* cuando le cuente que te niegas a comerte la cena?

Gertie removió los guisantes por el plato.

—Evangelina no tiene padre —contestó.

Al menos, eso creía. Stebbins no se lo había aclarado.

La cazuela de los guisantes retumbó contra la mesa.

—Pero *tú* sí tienes padre, y ahora mismo está trabajando en una plataforma petrolífera.

Gertie aplastó los guisantes con la cuchara.

—Mírame.

Gertie levantó los ojos de mala gana.

—Estás tan empeñada en conseguir lo que no tienes —dijo tía Rae— que no valoras como es debido lo que tienes. —Meneó la cabeza—. Sé que tienes más ideas que todos nosotros juntos, pero no todas tus ideas son buenas, Gertie —añadió, y salió de la cocina hecha una furia.

Audrey se inclinó hacia delante y susurró:

—¿Ya no quieres tener papá?

Era la primera vez que le hablaba desde que Gertie le había dicho aquella cosa tan horrible.

—Claro que quiero —respondió.

Quería tener un padre. Pero también quería muchas cosas más.

Se metió en la boca una cucharada de guisantes aplastados. Tal vez si se los comía todos, solo por esta vez, a tía Rae se le pasaría el enfado.

—Mi mamá y mi papá me quieren —afirmó Audrey como si recitara de carrerilla un renglón de su libro preferido—. Y quieren estar siempre conmigo, pero a veces tienen que trabajar. —Metió las manos debajo del culete y se sentó encima.

Gertie aplastó los guisantes contra el paladar. Notó en los oídos un pitido acusador. Sonaba como: «No me extraña que tus padres no quieran estar contigo». Tuvo que hacer un esfuerzo para tragar los guisantes.

Esa noche, tía Rae no probó bocado. En vez de cenar, se puso a hacer la colada. Gertie no sabía de dónde había sacado tanta ropa sucia. Se preguntaba si su tía guardaba ropa sucia de emergencia para cuando necesitaba meter algo en la lavadora y cerrar la portezuela con todas sus fuerzas.

Cuando los Williams vinieron a recoger a Audrey, Gertie se quedó mirando cómo la señora Williams sentaba a Audrey en su silla de seguridad y tía Rae les decía adiós con la mano desde el porche.

19

Una patata nunca tiembla

Gertie y sus compañeros de clase estaban reunidos en el salón de actos, intentando estarse quietos.

—Roy Caldwell hará de Jamón —anunció Stebbins.

—Pero ¿qué pasa con la prueba? —preguntó Roy.

Stebbins miró por encima de su portafolios.

—Nadie más quería ser Jamón.

—¡Claro, cómo iban a querer! —Roy se levantó de un brinco y se dirigió a la puerta haciendo aspavientos—. Es una tontería de papel. Si por lo menos se pusiera a matar zombis o salvara a la ciudad de un incendio infernal… Pero no, ¿qué hace el Jamón? ¡Se lo comen!

—¿Adónde cree usted que va, señor Caldwell?

Roy miró hacia atrás y respondió:

—¡Esto no es una prueba de verdad! ¡Y no pienso perderme el recreo por esto!

—Siéntese —ordenó Stebbins con una voz tan suave como el chasquido de una cerradura al encajar en el marco de una puerta.

Roy se paró en seco. Se metió las manos en los bolsillos y regresó con la vista fija en el suelo. Se sentó.

—Jean Zeller, tú serás el Refresco de Cola. —Stebbins siguió leyendo la lista de papeles en su portafolios y el nombre de quien los representaría—. Así que —añadió— ya solo nos quedan Junior y Leo, que se presentan al papel de Patata. Y Mary Sue y Gertie, que van a hacer la prueba para decidir quién hará de Evangelina.

Gertie vio que Junior cruzaba el escenario como un marinero recorriendo el tablón desde el que le arrojarían al mar. Al llegar al centro, se puso a temblar.

Leo hizo resonar sus nudillos.

—Deja de moverte —ordenó Stebbins.

Bajó del escenario, giró en redondo, retrocedió unos pasos y contempló a Junior. Él se metió las manos en los bolsillos y tembló aún más fuerte.

—Deja de moverte —repitió Stebbins—. Estás temblando. La gelatina tiembla. Una patata *nunca* tiembla.

—Debería *hacer* de gelatina —comentó Ewan.

—¿Y cómo haría el traje de gelatina? —preguntó June.

—Es más sana que el helado —repuso Ewan—. Es lo que dice mi madre.

Stebbins se llevó una mano a la frente.

—No, no, no. —Señaló a Leo, que estaba sentado en la primera fila—. Tú harás de Patata. Y tú… —Señaló a Junior haciendo un aspaviento con la mano—. Tú harás de otra cosa. Pregúntamelo luego.

Entonces, así, de repente, le llegó el turno a Mary Sue, que le pasó a Stebbins un sobre muy grande.

—¿Qué es eso? —preguntó Leo.

—Es su currículum y sus fotos —susurró Ella como si todo el mundo tuviera que saberlo.

Mary Sue miró a Gertie por encima del hombro. La observó un momento y advirtió que tenía las manos vacías. No llevaba fotos, ni currículum. Mary Sue levantó una ceja.

Gertie se mordió el labio. ¿Por qué no había traído fotos? Pero ¿qué fotos? Se agarró a los lados del asiento y se obligó a mirar mientras Mary Sue se situaba en el centro del escenario.

—Cómete las verduras, Evangelina —dijo Stebbins, haciendo de madre.

Mary Sue levantó la barbilla.

—No. —Su voz resonó en todo el salón de actos—. *No* pienso comerme las verduras.

Se puso muy tiesa y recitó su texto. Estaba perfecta en el escenario. Tenía pelo de princesa, labios rosas y piel clara.

Gertie estaba como siempre, pero por primera vez en su vida no estaba segura de que fuera a bastarle con eso.

Miró las caras de sus compañeros e intentó adivinar lo que les había parecido la prueba de Mary Sue. Pero estaban todos cuchicheando entre sí o enrollándose trocitos de hilo alrededor de los dedos, o subiéndose y bajándose la cremallera de las chaquetas.

—Gracias —dijo Stebbins cuando Mary Sue terminó de recitar su última línea.

Mary Sue bajó airosamente del escenario y ni siquiera se dignó mirar a Gertie cuando pasó por su lado.

Gertie subió los escalones y se dirigió al centro de la escena. El fluorescente del techo parpadeaba. La clase entera la miraba y balanceaba las piernas. Los tacones de sus zapatos golpeteaban las patas de las sillas. Gertie temblaba tanto como Junior.

—Cómete las verduras —dijo Stebbins.

Se hizo el silencio.

—Cómete las verduras —repitió la profesora.

Gertie tragó saliva.

Leo se inclinó y le dijo algo al oído a June. Mary Sue sonrió a Gertie. Pero no fue una sonrisa amable, una sonrisa que dijera: «Hola, amiga». Aquella sonrisa decía más bien: «Espero que te devore un cocodrilo». Cualquier niña se habría derretido de puro miedo. Pero Gertie no era cualquier niña.

Stebbins chasqueó la lengua.

—Señorita Foy, si no…

—No —dijo Gertie—. ¡No pienso comerme las verduras!

Era como en los discursos sobre las vacaciones de verano: lo importante no era lo que decías, sino cómo lo decías. Cerró los puños, arrugó la cara, dio un zapatazo en el suelo y gritó mirando al techo—: ¡*Odio* las verduras! ¡Y no puedes obligarme a comerlas!

—Pero te pondrás enferma si solo comes golosinas —le advirtió la madre.

—¡No, de eso nada! —replicó Evangelina—. Las golosinas no me hacen enfermar. ¡Me sientan de maravilla!

Levantó los brazos, echó la cabeza hacia atrás y dio una vuelta sobre sí misma a la pata coja. Luego se arrojó al suelo y comenzó a aporrear el escenario con las manos y los pies, fingiendo la rabieta más espectacular nunca vista. Se llenó la boca de chucherías imaginarias, se puso boca arriba e hizo un ángel de nieve imaginario sobre un montón de caramelos imaginarios. Se puso fantásticamente enferma. Y estuvo a punto de morir de desnutrición.

—¡La luz! —gritó—. ¡Veo una luz grande y preciosa!

El texto de Evangelina no incluía esa frase, pero debería haberla incluido.

Gertie se desplomó sobre el escenario.

Stebbins no leyó la línea siguiente. El salón de actos quedó en silencio.

Gertie abrió un ojo para ver qué estaba pasando. Luego abrió el otro. Sus compañeros de clase ya no jugaban con las cremalleras de las chaquetas ni se removían inquietos. La miraban fijamente, con la boca abierta. El vigor de su interpretación les había cortocircuitado el cerebro. *¡Pop! ¡Bum!*

Stebbins frunció los labios y se colocó una horquilla en el moño.

—Creo que ya tenemos a nuestra Evangelina —anunció.

—¡Ay, Dios mío! ¡Ay, Dios mío! —Gertie daba brinquitos en el asiento del autobús y el muelle del asiento hacía *ik, ik, ik.*

—Todavía no me lo creo, no me lo creo —repetía Junior una y otra vez.

Pero Gertie sí se lo creía. Llevaba mucho tiempo esforzándose por ser la primera de su clase. Era como ese libro sobre un trenecito con cara que intentaba llegar resoplando a lo alto de la colina, y le costaba una eternidad, y creías que no iba a conseguirlo, pero luego lo conseguía y era como gritar *¡yujuuu!* O como pensar: *Lo sabía desde el principio.* O como levantar los puños justo antes de que el cochecito de la montaña rusa se lanzara chirriando por la pendiente. Gertie era la primera de la clase y quería seguir siéndolo para siempre. Se apretó las mejillas con las manos.

Cuando Mary Sue le había suplicado a Stebbins que le dejara hacer otra prueba, parecía muy disgustada. Tenía la cara arrugada y se agarraba mechones de pelo con las manos. Daba la impresión de que lo estaba pasando fatal.

Gertie intentó apartar de sí aquella idea. Había conseguido el papel protagonista sin hacer trampas. Se lo merecía. Se había esforzado mucho y, además, Mary Sue *no* era una buena persona.

—Todavía no me lo creo —seguía diciendo Junior.

—¡Eh, que yo siempre cumplo mis misiones! ¿A que sí? —dijo Gertie, o Evangelina, o la alumna de quinto curso más asombrosa del mundo, llevándose la mano al pecho.

Estaba tan emocionada que casi no se fijó en que el autobús acababa de girar hacia la calle Jones y se acercaba trabajosamente a la casa de Rachel Collins. Pero cuando pasaron frente a la casa, volvió los ojos hacia ella como hacía siempre. Porque, si Gertie era un mosquito, aquella casa era su matamosquitos electrónico: la atraía irresistiblemente. Fijó los ojos en el lugar donde vivía Rachel Collins y en el cartel del jardín delantero. El cartel que había desencadenado todo aquello. Pero el cartel ya no estaba.

Clavado en el césped había otro letrero. *Vendido*. El cartel de delante de la casa de Rachel Collins decía *VENDIDO*. En letras mayúsculas. Rojas. En letras mayúsculas rojas.

V-E-N-D-I-D-O.

20
No se lo diré

Junior la sujetaba del brazo y le preguntaba una y otra vez:

—¿Qué vas a hacer ahora?

Las palabras le taladraban la cabeza como el goteo de un grifo mal cerrado. *¿Qué vas a hacer, a hacer, a hacer?* El resto del viaje de Gertie transcurrió así.

Cuando llegó a casa, cruzó de mala gana el jardín, entró por la puerta mosquitera y se dirigió a su cuarto arrastrando los pies. Allí metió la cabeza debajo de la almohada. *¿Qué vas a hacer, a hacer, a hacer?*

Era demasiado tarde. La casa de la calle Jones se había vendido. Ahora pertenecía a unos perfectos desconocidos. Quizá su madre se estuviera mudando en ese preciso instante.

¿Qué vas a hacer?

Gertie arrojó la almohada al otro lado de la habitación. Iba a asegurarse de que Rachel Collins *supiera* lo asombrosa que era. Tenía que *contarle* lo de la obra de teatro y que era la más lista de la clase y todo lo demás. Enseguida.

Cruzó de prisa la casa y se asomó a la cocina. Tía Rae estaba mirando el interior de la nevera. Gertie pasó de puntillas por la puerta de la cocina y se acercó muy sigilosamente al perchero de los abrigos. Se subió la cremallera de la chaqueta. Le temblaba la mano cuando fue a abrir la puerta y vio su cara, borrosa y rara, reflejada en el picaporte de latón.

El suelo crujió detrás de ella. Gertie se giró. Audrey tenía dos ceras metidas en la boca, como los colmillos de una morsa.

—¡Audrey! —Bajó la voz—. Vete.

Las ceras cayeron al suelo y Audrey miró la chaqueta de Gertie.

—¿Adónde vas?

Gertie iba a decirle que no era asunto suyo, porque Audrey era una pequeñaja, pero se acordó de cuando se había puesto a llorar en la acera. Y además no le había contado a tía Rae lo que había pasado en la fiesta de Mary Sue. Así que a lo mejor no era *tan* pequeñaja.

—Audrey, no se lo puedes contar a nadie. Es importante. Me han dado el papel en la obra.

Audrey era todo oídos.

—¿Te acuerdas de la obra de teatro?

En la cocina, tía Rae encendió la radio y se oyó el estrépito de una cacerola al chocar contra el fogón.

Audrey asintió.

—Esa sobre una niña que les chillaba a los guisantes.

—Exacto. Se lo voy a contar a Rach…, a mi madre. —Gertie respiró hondo—. Voy a contarle a mi madre que me han dado el papel.

Ahora que las había dicho, le pareció que aquellas palabras se hacían de pronto realidad. Ir a ver a Rachel Collins ya no era solamente una *idea*. Era un hecho.

—Ah. —Audrey recogió sus ceras.

—Pero no se lo puedes decir a tía Rae. Porque, si se lo dices, no podrá ser.

Audrey asintió de nuevo.

—Es importante —insistió Gertie—. Es…, es mi madre.

Audrey volvió a asentir.

—No se lo diré.

Y Gertie comprendió que no lo haría, porque Audrey lo había entendido perfectamente.

Se volvió hacia la puerta. La abrió y salió al umbral. Bajó de un salto los escalones, cruzó la hierba marrón y crujiente y atajó por entre los arbustos, hasta el borde del camino. No miró atrás.

Anduvo, anduvo y anduvo. En el pueblo donde vivía Gertie, la gente no caminaba por la carretera como si tal cosa, cantando *tralarí, tralará*. La casa de tía Rae estaba en un camino apartado en el que no había aceras ni farolas. A un lado, grandes árboles se inclinaban sobre la carretera. Al otro, unos cuantos tallos secos de algodón se mecían al viento, crepitando. Gertie caminaba con la cabeza bien alta, balanceando los brazos y dando largas zancadas como si tuviera algo muy importante que hacer, para que la gente que pasaba en coche pensara *Esa niña va a algún sitio* y no avisara a la policía.

Pasado un tiempo, Gertie tomó otra carretera en la que había más casas. Iba a decirle a Rachel Collins que era la estrella de la función. Y le pondría el guardapelo en la mano, y su madre se arrepentiría porque pensaría que Gertie era la niña más inteligente del universo. Y entonces se daría cuenta de

que había cometido un grandísimo error al dejar a Gertie y a Frank, y que iba a cometer otro error al casarse con Walter porque cualquiera sería feliz teniendo una hija como ella. Gertie siguió caminando, un poco más erguida.

Cuando volvió a doblar un recodo, se encontró en una calle de verdad. Ahora caminaba por aceras bordeadas por casas. Veía su aliento al resplandor de las farolas. La calle Jones parecía estar mucho más lejos cuando no viajaba en el Mercury de tía Rae o en el autobús. Pero se alegraba de que estuviera tan lejos.

Sentía que se estaba ganando todas las cosas buenas que iban a pasarle. Era como si, cuanto más caminara, más las mereciera. Como si cada paso fuera un punto que ganaba, una moneda, una estrellita de oro que acumulaba para conseguir el primer premio, el mejor de todos.

No se detuvo hasta que estuvo delante del porche y acercó el dedo al timbre. Pasó un coche y un perro empezó a ladrar en otra casa de la calle. Pulsó el timbre. Su *dindón* retumbó en las paredes.

Se abrió la puerta y una luz amarilla brotó de la casa. Rachel Collins sonreía.

21
Es a las seis

Rachel Collins sonreía cuando abrió la puerta, pero cuando miró a Gertie se le borró la sonrisa.

—¿Cómo has...? —empezó a preguntar—. ¿Qué haces aquí?

—Soy yo —contestó Gertie—. Soy Gertie.

—Sí, sé quién eres.

—Ah.

Gertie tomó aire. Era su oportunidad de decirle a su madre lo que había hecho. Quinto curso era un dragón al que ella había vencido golpeándolo como a una piñata. Se disponía a pronunciar las palabras que había ensayado mil veces.

Pero, siempre que imaginaba aquel momento, la Rachel Collins que veía no era una persona de carne y hueso. Era una idea borrosa, una persona formada solo a medias a partir de los fragmentos de su madre que Gertie había ido reuniendo a lo largo de los años.

Aquella Rachel Collins, en cambio, la Rachel Collins que fruncía el ceño y se agarraba con fuerza a la puerta, tenía el cabello castaño, igual que ella. Y la barbilla puntiaguda, como ella. Y estaba tan cerca que Gertie podía oler su perfume.

—Eh… —dijo Gertie.

Su madre abrió la puerta un poco más, muy despacio. La arruga que tenía entre las cejas se hizo más profunda. Luego, sin embargo, pareció tomar una decisión y se puso más derecha.

—Pasa —dijo.

Y así, Gertie cruzó el umbral y entró en la casa más bonita de toda la calle Jones.

Miró a su alrededor y vio que estaba en un gran vestíbulo. El cartel descolorido de *En venta* estaba apoyado contra la pared. Se oía un tintineo de tenedores y vasos y, detrás de ella, la puerta se cerró con un *clic*.

Rachel le puso una mano en el hombro y la condujo por un ancho pasillo, hasta la cocina. Las encimeras relucían. Sobre una gigantesca fuente de cristal se erguía una tarta recubierta de nata.

Habría parecido una cocina de revista de no ser por las cajas de cartón que había apiladas en un rincón. Estaban cerradas con cinta de embalar y marcadas con rotulador. *Libros de cocina. Tazas. Utensilios.* Gertie se apartó de las cajas y echó un vistazo a la tarta. Ponía: *¡Feliz cumpleaños, Lacy!*

—¿Quién es Lacy? —preguntó.

Pero se le agarrotaron los hombros y de pronto se dio cuenta de que prefería no saberlo.

—Voy a llamar a tu tía —dijo Rachel.

—¡No! —Gertie se giró bruscamente—. Espera…

—Chist.

Rachel miró hacia la puerta. Se oía reír a una niña pequeña en otra habitación. Gertie se encogió aún más de hombros.

—He venido a hablar contigo, y tía Rae no… —empezó a decir, pero Rachel ya estaba marcando el número.

A pesar de que sudaba con el abrigo puesto y notaba un cosquilleo en las yemas de los dedos, como si el aire estuviera cargado de electricidad estática, Gertie vio con admiración con qué firmeza pulsaba su madre las teclas del teléfono. Rachel Collins era una de esas personas cuyos gestos, por pequeños que fuesen, siempre parecían importantes. Como por ejemplo, la decisión con que se puso la mano en la cadera y bajó la barbilla mientras hablaba por teléfono.

—¿Hola? Soy Rachel.

Desentonaba un poco en la cocina, pensó Gertie. Su ropa era demasiado bonita, y sus joyas demasiado brillantes. La tía Rae, cuando trajinaba en la cocina, siempre acababa cubierta de harina y salpicada con el agua de fregar los platos.

—Sí, está aquí —dijo Rachel—. Gertie está aquí. Acaba de aparecer. —Hizo una pausa—. De acuerdo. De acuerdo. Entiendo.

Colgó el teléfono y se volvió hacia Gertie.

—Rae dice que llevas más de dos horas fuera de casa. Está histérica. —Recorrió la cara de Gertie con la mirada como si estuviera buscando algo, aparte de su nariz más bien grandota y sus pecas—. Ha dicho que vendrá enseguida.

A Gertie se le agotaba el tiempo. Cerró los puños.

—He venido a decirte que voy a salir en una obra de teatro.

Rachel se apartó un mechón de pelo de los ojos.

—Me han dado el mejor papel —explicó Gertie—. Evangelina.

Pero al decirlo le sonó fatal. Se suponía que la luz tenía que brillar más fuerte y que ella tenía que parecer más alta y que Rachel Collins se quedaría boquiabierta de asombro por lo alucinante que era todo aquello.

Pero lo que pasó fue que el dispensador de hielo de la nevera se puso a crujir y a petardear.

—Está bien. Gracias por decírmelo —dijo Rachel, pero sonó como una pregunta.

No parecía impresionada, ni tampoco parecía arrepentirse de haber abandonado a Gertie.

Gertie estiró los dedos. Aquello no estaba saliendo como pensaba.

Se suponía que ahora tenía que devolverle el guardapelo a su madre. Se llevó la mano al cuello de la camiseta y notó el bulto duro del guardapelo bajo la tela. Era la última fase.

Pero no podía hacerlo. Porque, mientras tuviera el guardapelo, era como si Rachel no pudiera irse. Mientras no estuviera guardado en una de aquellas cajas de cartón, su madre no podría marcharse a vivir a otro sitio. Gertie bajó las manos y las dejó colgando.

—¿Vendrás a ver la obra? —balbució.

—¿Qué? —Rachel ladeó la cabeza—. No puedo. Quiero decir que no creo que sea buena idea.

—Sí que puedes.

Gertie no tenía pensado invitarla a la función, pero de pronto estaba convencida de que tenía que ir. Rachel tenía que salir de aquella casa, ir a su cole y *verla* hacer de Evangelina. Tenía que *ver* que Gertie era una estrella. Entonces lo entendería todo. Entonces su misión se cumpliría como estaba previsto.

—Tomé la decisión de marcharme hace años y ahora no puedo cambiarla. —Rachel meneó la cabeza—. Aunque quisiera.

Gertie contuvo la respiración. ¿Significaba eso que *quería* volver?

—Bueno, marcharte, *marcharte*, no te marchaste —dijo—. Mi autobús del cole pasa por tu calle.

Su madre frunció los labios pero no contestó.

—¿Rachel? —llamó una voz de hombre—. Rachel, ¿dónde te has metido?

—¡Un minuto! —respondió Rachel levantando la voz, y miró a Gertie—. Tengo que irme. Han venido todos para la fiesta. No quiero hacerlos esperar. —Se irguió, más derecha—. Por lo menos tengo que estar presente para las velas. Vuelvo enseguida.

Levantó la tarta y salió apresuradamente de la cocina, tamborileando con los tacones de los zapatos en el suelo duro.

Gertie se quedó mirando la puerta por la que había desaparecido su madre y se preguntó por qué la había dejado allí. ¿Pensaba que iba a portarse mal o que iba a darle un berrinche? Porque no era verdad. Podía comer tarta y sentarse a la mesa tan bien como cualquier adulto. Debería ir tras ella y decírselo.

Se acercó lentamente a la puerta y, pegando el oído a ella, oyó grititos de sorpresa, voces, gente que chistaba pidiendo silencio y, luego, una canción. Empujó la puerta hasta que se abrió el ancho de una rendija.

Rachel estaba de espaldas a ella. Un hombre —supuso que era Walter— se sujetaba la corbata contra el pecho mientras se inclinaba sobre la tarta y la cortaba con un cuchillo. Dos niñas pequeñas batían palmas. Gertie comprendió entonces que una de ellas tenía que ser Lacy. Parecían una familia. Eran perfectos, como los Walton de Audrey.

A Gertie nunca le había gustado aquella serie.

Entonces Rachel Collins volvió la cabeza para sonreír a una de las niñas y, sin darse cuenta, Gertie robó otro dato que añadir a su colección de cosas que sabía sobre su madre: Rachel Collins era una de esas personas a las que se les arrugaban las comisuras de los ojos cuando sonreían.

Retrocedió hasta la cocina y dejó que la puerta se cerrase suavemente. Siguió reculando hasta que chocó con la nevera y entonces se dejó resbalar hasta el suelo y se sentó con las piernas cruzadas y, apoyando la barbilla en las manos, pensó en aquellos ojos castaños y arrugados. Walter tenía dos hijas pequeñas. Gertie no lo había sabido hasta entonces. Nadie le había dicho nada al respecto. Pero Walter tenía dos hijas, y Rachel Collins las quería.

El dispensador de hielo emitió un zumbido bajo y constante, y Gertie se clavó las uñas en las mejillas. Y siguió allí, esperando, porque Rachel Collins le había dicho que volvía enseguida.

Pero seguía esperando cuando se oyó un portazo a la entrada de la casa y los de la fiesta se callaron de pronto. Se puso de pie y se acercó a la puerta de la cocina. Al abrirla, vio que tía Rae, con el impermeable gris puesto del revés sobre su vestido de flores, cruzaba el comedor con paso decidido.

Rachel se interpuso entre ella y su nueva familia como si quisiera impedir que la vieran.

—Si vienes a la coci…

—Apártate de mi camino. —Tía Rae le puso un dedo en medio del pecho y la empujó.

Rachel comenzó a balbucir algo incomprensible.

—¿Qué está pasando aquí? —preguntó Walter.

Entonces tía Rae vio a Gertie en la puerta entre la cocina y el comedor. Dejó escapar un gemido y se llevó la mano al pecho.

—Vámonos a casa, Gertie —dijo.

Gertie cruzó el comedor y, con la cabeza muy alta, pasó por delante de las niñas que la miraban con cara de pasmo. Lentamente, se volvió hacia Rachel.

Ella no necesitaba una madre, se dijo. Eso era lo que había venido a decirle a Rachel Collins: que no necesitaba a nadie. Pero en algún punto del camino había empezado a *querer* una madre.

—La obra es dentro de dos semanas —dijo—. El viernes.

Rachel la miró con la misma expresión que puso cuando estuvo a punto de saludarla con la mano en el supermercado. Era como si dentro de ella hubiera dos personas distintas: una que le decía que sí y otra que le decía que no. Y entonces lo dijo. Miró a Gertie a los ojos y dijo:

—De acuerdo.

—¿Quién es esa, papá? —preguntó una de las niñas.

Gertie no esperó a oír la respuesta de Walter. Salió de la casa detrás de tía Rae. El Mercury estaba aparcado a la entrada, con el motor en marcha. Audrey iba sentada detrás, en su sillita. Gertie montó delante y se abrochó el cinturón.

—He estado calladita como un ratón —le susurró Audrey al oído mientras movía los pies y daba patadi-tas contra el asiento de Gertie—. No se lo he dicho —añadió al ver que Gertie no respondía.

—Lo sé —dijo Gertie.

Tía Rae se sentó en el asiento del conductor y pasó un rato agarrando con fuerza el volante. El motor gruñía y las rejillas de ventilación arrojaban aire ca-liente a la cara de Gertie. Los faros del coche se refle-jaban en la puerta del garaje de Rachel Collins, y Ger-tie empezó a preguntarse si tía Rae iba a pasarse allí sentada toda la noche. Miró a Audrey, que se encogió de hombros.

Luego volvió a mirar hacia la casa y se dio cuenta de algo.

—He olvidado decirle la hora. No sabe a qué hora es la función.

Tía Rae levantó por fin la vista del volante. Agarró la palanca de cambios y puso marcha atrás.

—Es a las seis —dijo sin mirar a Gertie—. Tu función es a las seis.

El coche empezó a recular.

—¡Ahhh! —gritó de pronto tía Rae, y dio un frenazo tan brusco que Gertie sintió que todo el cuerpo se le iba hacia delante.

Audrey pegó un chillido.

—¡Santo Dios! —Tía Rae puso el coche en punto muerto y clavó los ojos en el retrovisor.

Gertie se giró y miró por la luna trasera. Al extraño resplandor rojizo de las luces de freno, los ojos de Junior se veían enormes.

22
¿Cómo voy a superarlo?

Sentada en un columpio del patio del colegio, con las manos sobre el regazo, Gertie arrastraba los zapatos por los surcos que los pies de los niños habían abierto en la arena.

Junior pasó como una exhalación por su lado.

—Tuve mucho miedo —dijo al columpiarse hacia atrás. Luego se columpió hacia delante, y el viento agitó el pelo de Gertie echándoselo sobre la cara.

Junior ya le había contado la misma historia seis veces.

El día anterior, después de que vieran el horrible cartel de *VENDIDO* y llegara a casa y se bajara del autobús, estaba pensando en sus cosas —oyendo a escondidas a las clientas de la peluquería— cuando sonó el teléfono y contestó su madre.

La primera vez que se lo había contado, Junior se había limitado a decir que su madre contestó al teléfono. La tercera vez añadió que se puso pálida. Esta vez, mientras pasaba junto a Gertie montado en el columpio y moviendo las piernas, dijo:

—Soltó un gemido y enseguida comprendí que pasaba algo malo. Me di cuenta.

—Espera —dijo la señora Parks al teléfono—. Ahora mismo te llamo. —Colgó y gritó—: ¡Junior!

Le hizo sentarse en uno de los sillones de la peluquería y, accionando el pedal, levantó la silla hasta que sus ojos quedaron al mismo nivel.

—Junior —dijo—, ¿tú sabes dónde está Gertie?

—No —contestó él—. No, señora.

Todas las clientas le miraron por encima de sus revistas.

—Acaba de llamarme Rae Foy. —Su madre agarró los brazos del sillón para que no se moviera.

Junior no se dio cuenta de que lo estaba moviendo de un lado a otro hasta que su madre lo detuvo.

—No encuentra a Gertie —añadió la señora Parks.

—¿Gertie ha desaparecido? —Junior miró horrorizado a su madre.

Desaparecer. Eso era malo. Cuando la gente desaparecía, solía ser para siempre. La secuestraban y la cortaban en pedacitos y la convertían en comida para gatos. Los ojos le picaban por los vapores de los tintes.

—¿A ti te ha dicho algo? ¿Te ha dicho si pensaba escaparse? —preguntó su madre.

Las señoras que ocupaban los otros sillones de la peluquería habían bajado sus revistas y se inclinaban hacia él, quitándose los delantales con que se tapaban.

—Ay, esa niña —dijo una—. Rae estará preocupadísima.

—No —dijo Junior—. ¡Gertie no se ha escapado! Ella no haría eso.

No se escaparía de casa sin decírselo *a él*. Por lo menos, eso creía.

—¿Ha pasado algo en el colegio hoy? —Su madre nunca parecía preocupada, pero ahora sí.

Junior se esforzó por pensar.

—Hicimos las pruebas para la obra. Y le dieron el papel de Evangelina. A mí no me dieron ningún papel. Ni siquiera voy a ser la Patata.

Su madre le preguntó quién era Evangelina. Le hizo pregunta tras pregunta. Pero Junior no sabía nada, porque Gertie no podía haber desaparecido; era absurdo. No era una de esas niñas que desaparecen. Era de las que rescatan a niños desaparecidos.

Su madre le dio unas palmaditas en la rodilla.

—Está bien, cielo. Voy a llamar a Rae y a decirle que no sabemos nada. No te preocupes —dijo—. Seguro que aparece. Seguramente se habrá ido a hacer alguna travesura y habrá perdido la noción del tiempo. No te preocupes —repitió.

Se fue a llamar por teléfono y se olvidó de volver a bajar el sillón. Junior se bajó de un salto y avanzó tambaleándose por el salón, pasando por delante de las señoras que se ahuecaban los rizos y se soplaban las uñas recién pintadas mientras hablaban de los Foy.

Cerró la puerta de la peluquería y se dejó caer en el umbral. Su mejor amiga había desaparecido. Juntó las manos entre las rodillas. ¿Y si su madre se equivocaba? ¿Y si Gertie no aparecía? Y lo peor de todo era que, si de verdad había desaparecido, no podría completar su misión. No estaría allí para impedir que su madre se mudara. Y…

¡Gertie no había desaparecido! ¡Seguía intentando cumplir su misión! Había ido a la calle Jones, a la casa con el cartel de *VENDIDO*, a ver a su madre y a decirle que era la mejor alumna de quinto curso del mundo. Y ahora todo el mundo pensaba que había desaparecido, cuando en realidad solo estaba llevando a cabo su misión y se encontraba perfectamente.

A no ser que… A no ser que… ¿Y si algo había salido mal? Antes, cuando se proponía una misión, Gertie siempre los tenía a él y a Jean. Luego, solo le había quedado él. Y ahora no tenía a nadie. ¿Y si se perdía? ¿Y si la atacaba un coyote rabioso? ¿Y si metía el pie en una de esas alcantarillas que había debajo del bordillo de las aceras y no podía sacarlo y se caía dentro y nadie la oía gritar?

Junior se levantó de un salto del umbral. Tenía que encontrarla. Entró corriendo a buscar su abrigo. Luego volvió a salir a toda prisa. Después volvió a entrar, agarró su linterna y salió de nuevo.

¿Y si se perdía él? ¿Y si le entraba frío? ¿Y si no encontraba a Gertie? Pero tenía que dejar de preocuparse de lo que podía pasarle a él y empezar a preocuparse por Gertie. ¿Y si se perdía Gertie? ¿Y si le entraba frío?

Echó a andar por la calle siguiendo la ruta del autobús.

—Mi nombre es Parks —dijo en voz baja—. *Junior* Parks.

Junior siempre detenía su relato en ese punto. Sacó pecho y se impulsó tan alto que pareció que saldría volando si soltaba las cadenas del columpio.

—Y entonces tía Rae casi te atropella —concluyó Gertie en su lugar.

Cuando el columpio descendió, Junior arrastró los talones por la tierra y se detuvo. Agarrado a las cadenas, se volvió a mirar a Gertie.

—Sí —dijo—. Pero lo importante es que, si tu tía no hubiera estado allí para casi atropellarme, *yo* estaba allí para echarte una mano. Lo conseguí. —Sonrió y empezó a balancear las piernas otra vez, columpiándose cada vez más alto—. ¡Presiento que todo va a ir mejor de aquí en adelante! —gritó.

Y aunque lo cierto era que hacía *siglos* que todo iba de mal en peor, daba la impresión de que Junior tenía razón.

Gertie, por ejemplo, era famosa. Todo el mundo sabía ya que había llegado caminando a la calle Jones y, por más que intentaba decirles que no se había escapado de casa, nadie la creía.

El niño de primero que se sentaba delante de ella en el autobús le dio una moneda de veinticinco centavos del dinero que llevaba para el almuerzo. Y la señorita Simms le palmeó la espalda y le dijo que, si necesitaba algo, se lo dijera. Un niño de sexto hasta le pidió un autógrafo.

Ella Jenkins se acercó a la mesa del comedor en la que comían Gertie y Junior y depositó en ella su bandeja con un golpe sordo.

—Cuéntamelo todo —dijo mientras quitaba la tapa a su tarrina de flan—. ¿Ibas a vivir en el centro comercial? Porque, si yo me escapara de casa, me iría a Pensacola y viviría en el centro comercial. —Lamió el flan de la tapa y suspiró—. Es tan emocionante…

Gertie sabía que eran unos veletas; o sea, que a veces les caía bien y a veces no, así que decidió no hacerles caso.

Pero se guardó los veinticinco centavos.

Otra cosa buena era que solo faltaba una semana para la función y Gertie estaba espectacular haciendo de Evangelina. Hasta June decía que lo hacía estupendamente. Y Ewan le había preguntado si quería ensayar con él. Estaban todos muy impresionados con Gertie.

Y Rachel Collins también quedaría impresionada cuando la viera en la función. Y la vería, porque Gertie estaba junto a tía Rae cuando esta había llamado a Rachel y, refunfuñando, le había dicho a qué hora tenía que presentarse. Estaba todo arreglado.

Su madre sabría que Gertie era maravillosa y alucinante y que había hecho mal en abandonarla. Y Gertie le devolvería el guardapelo después de la obra. Y aunque su madre se casara con Walter y se fuera a vivir con él y con sus hijas, ella al menos habría cumplido su misión. Al menos, Rachel lo sabría.

Estaba en el escenario, atándose la cinta rosa de Evangelina en la coleta. Los demás bailaban claqué por el escenario con sus zapatillas deportivas, produciendo unos chirridos y unos golpes espantosos. Junior estaba practicando con el telón.

—Mary Sue Spivey, tú vas a ser la Col —anunció Stebbins levantando la voz para hacerse oír—. Es muy nutritiva.

Desde el día de las pruebas, Stebbins había asignado a Mary Sue distintos papeles, pero ella los rechazaba todos. Junior iba a encargarse de subir y bajar el telón, un trabajo difícil porque ya había roto una de las poleas. Mary Sue era la única que aún no tenía un papel en la obra.

—No pienso ser la Col —replicó tranquilamente, en tono altanero.

Se quedaron todos petrificados. Stebbins levantó las cejas y la miró como si dudara entre cocerla o asarla.

—Muy bien —dijo—. Entonces ayudarás a los de tercero con el decorado.

—Yo soy *actriz*. —Mary Sue cruzó los brazos—. Y las actrices *no* se encargan del decorado.

Stebbins rechinó los dientes postizos. Luego garabateó algo en una nota adhesiva, la arrancó haciendo una floritura con la mano y la pegó ceremoniosamente en la camiseta de Mary Sue.

Mary Sue ladeó la cabeza para leerla del revés.

Ewan miró la nota guiñando los ojos.

—¿«Su..., *suplente*»?

Mary Sue se arrancó la nota y, al leerla, se quedó boquiabierta.

—¡Yo no puedo ser la suplente! Soy... —empezó a protestar, pero Stebbins dio media vuelta y se alejó—. ¡Pare! ¡Pare! Es usted..., es usted una..., ¡una vieja horrible! —le gritó Mary Sue a la espalda.

Junior sofocó un gemido y de pronto bajó el telón.

—Vaya. —La voz de Stebbins se oyó a través del telón—. Cuánto hiere eso mis sentimientos. ¿Cómo *voy* a superarlo? —Levantó la voz—. Señor Parks, haga el favor de controlar ese telón.

Cuando empezaron el ensayo, Gertie-Evangelina se puso a hacer cabriolas y fingió que le daba un berrinche y que estaba gravemente enferma mientras Mary Sue permanecía sentada en las sillas plegables, con las manos sobre el regazo y los ojos fijos en el suelo. Que era lo que se merecía, se dijo Gertie. Pero, sin saber por qué, le costaba brincar y hacer como que comía golosinas mientras Mary Sue parecía tan tristona.

Pero Mary Sue era una robasitios, se recordó Gertie. Era una mala persona, y todo estaba saliendo conforme a lo previsto.

—Gertie, ¿puedes llevarle esto a la señora Warner, por favor? —preguntó la señorita Simms esa misma tarde en clase de mates.

Gertie levantó la mirada de la hoja que tenía delante. La señora Warner. La secretaria. La señora Warner era la secretaria del despacho de dirección. Y la señorita Simms le estaba pidiendo a ella —a *Gertie*— que llevara una nota a secretaría. Corrió la silla hacia atrás, apoyó las manos temblorosas en la mesa y se levantó.

Jean le lanzó una mirada. Junior se había quedado boquiabierto.

—Siempre son las chicas las que llevan las notas —refunfuñó Roy.

¡Por fin! Por fin era *esa* niña, la niña a la que elegían para llevar papeles a secretaría. La que se comía el bombón. La especial, la joyita de la clase, la que hacía morder el polvo a los demás.

La señorita Simms le dio una nota escrita con su letra de maestra, grande y pulcra. Gertie sujetó la hoja por los bordes para no emborronar las palabras y, al acercarse a la puerta, notó cómo la seguían sus compañeros con los ojos.

Avanzó por el pasillo dando brincos y agitando la nota en la mano. Cuando pasaba por delante de la puerta de una clase, dejaba de brincar y caminaba tiesa como un palo, como si fuera muy mayor y dijera *aquí estoy yo* y *chúpate esa*, con el corazón desbocado de tanto brincar.

Junior tenía razón. De allí en adelante, todo iba a ser maravilloso. ¡Sí! ¡Junior tenía razón en todo! Gertie lo habría besado, si no fuera… Junior.

Llegó a secretaría en un santiamén. Se le pasó por la cabeza dar media vuelta, regresar a su aula y volver a secretaría otra vez para alargar el camino. Pero quería hacerlo bien y sabía que, para la señorita Simms, eso equivalía a llevar la nota a secretaría una sola vez. Empujó la puerta.

La impresora escupía hojas de papel y los dedos de la señora Warner tamborileaban sobre el teclado del ordenador. El cuenco de cristal lleno de bombones suizos descansaba sobre su mesa.

Gertie depositó la nota justo al lado de los bombones.

—¿Qué tenemos aquí? —La señora Warner se puso las gafas y leyó la nota—. Impresos de autorización —masculló—. Firmas.

Sonó el teléfono.

—Muy bien —dijo la señora Warner al levantarlo—. Gracias, corazón.

Se puso el teléfono entre la mejilla y el hombro y le hizo a Gertie un gesto como si espantara una mosca.

Gertie no se movió.

—Colegio Carroll —dijo la señora Warner en tono jovial—. Habla Louise.

Las cosas no tenían que ser así. Se suponía que la señora Warner tenía que darle un bombón. Gertie le había entregado la nota —y ni siquiera había recorrido dos veces el pasillo— y ahora la señora Warner tenía que escoger un bombón envuelto en papel de oro y ponérselo en la palma de la mano. Si no lo hacía, Gertie tendría que volver a su aula *con las manos vacías*. Todo el mundo le preguntaría dónde estaba el bombón y a qué sabía, y cuando se dieran cuenta de que no se lo habían dado, sería la primera persona de la historia que llevaba una nota a secretaría y no recibía un bombón a cambio, y entonces pensarían que era una…, una…

La impresora gruñó, chasqueó y mascó una hoja de papel.

Los bombones seguían esperando. Gertie seguía esperando. La señora Warner se dio media vuelta en su silla para ver la impresora.

Gertie respiró por la boca. No iban a darle un bombón. Daba igual que fuera un as en matemáticas y que se supiera de carrerilla las capitales de todos los estados, o que le hubieran dado el papel protagonista en la obra de teatro, porque, después de tanto esfuerzo, seguía sin ser *esa* niña: la niña a la que le daban el bombón. Seguía sin tener el pelo rubio y esponjoso y sin llevar brillo de labios.

Gertie dio media vuelta y, dando la espalda a los bombones, se dirigió a la puerta del despacho. Tuvo que reunir todas sus fuerzas para levantar la mano y agarrar el picaporte. Abrió la puerta, pero no la cruzó.

Porque, a veces, una tenía que plantarse y decir que *no*.

No. No señor, Gertie Reece Foy no iba a consentirlo. No-lo-consentiría.

Soltó el picaporte y se volvió. La señora Warner estaba de espaldas a ella, aporreando la impresora. Gertie tomó el cuenco de cristal de la mesa, dio media vuelta y salió del despacho.

23

¡Ger-tie! ¡Ger-tie! ¡Ger-tie!

Con cada paso que daba por el pasillo desierto, el cuenco de bombones le pesaba más y más.

¿Qué había hecho? ¿Y si se cruzaba con un profesor y la veía? ¿Y si la señora Warner se daba cuenta de que faltaban los bombones y la perseguía por el pasillo y se abalanzaba sobre ella y los bombones salían volando por todas partes?

Gertie se detuvo. Era una *ladrona*. Una *delincuente*. Su futuro entero acababa de irse por el desagüe y flotaba entre pececitos y cabezas de Barbies.

Decidió devolverle los bombones a secretaría. ¡Pero no era justo! Se los había ganado con todas las de la ley. ¿Quién era la niña más lista de quinto curso? Ella. ¿Quién era la mejor Evangelina de la historia? Ella. ¿Quién había llevado la nota a la señora Warner en tiempo récord? *¡Ella!*

Pero si entraba en clase con el cuenco, la señorita Simms le haría preguntas, y ¿acaso le daría oportunidad de explicarse? No, ni hablar.

Miró los bombones y se puso a pensar qué podía hacer con ellos.

Con una mano se remetió la camiseta en la cinturilla de los vaqueros. Luego tiró del cuello y vació los bombones. Los envoltorios le arañaban la tripa. Dejó el cuenco en el suelo, al lado de la pared, para que cualquiera que lo viera pensara: *Ah, vaya, un cuenco perdido* y no sospechara nada.

Cuando se incorporó, los bombones se movieron, entrechocando entre sí y haciendo ruido. Tendría que caminar muy despacio para que no hicieran *frufrú*.

Abrió la puerta y se acercó a su mesa sin mirar a nadie. Se sentó con mucho cuidado, agarró su lápiz y se puso a hacer ejercicios de matemáticas, pero no podía concentrarse sabiendo que llevaba un enorme alijo de bombones debajo de la camiseta.

—¿Por qué tienes esa barrigota? —preguntó Junior entre dientes.

Gertie notó que le ardían las orejas.

—Es de mala educación preguntar eso —siseó.

Ahora todo el mundo pensaría que estaba gorda.

—¿Por qué *tienes* esa barrigota? —susurró Jean.

Era la primera vez desde hacía semanas que le dirigía la palabra, pero Gertie se hizo la sorda.

Los números le bailaban delante de los ojos. Su lápiz garabateó una respuesta que tal vez fuera correcta. El radiador emitió un chasquido. De pronto, se le ocurrió una idea espantosa. ¿Y si los bombones se derretían y se ablandaban y le pringaban la camiseta? La señorita Simms querría saber por qué estaba toda embadurnada de una plasta marrón.

Jean seguía mirándole la tripa fijamente. Gertie se inclinó hacia delante para ocultar su barriga. *Frufrú.* Junior pegó un brinco.

—Señorita Simms —gimoteó Mary Sue—, no puedo concentrarme con tanto ruido.

Gertie notó que le chorreaba sudor por el cuello.

—Por favor, chicos, pensad en vuestros compañeros —dijo la señorita Simms sin levantar la vista.

Gertie se inclinó tanto sobre su mesa que empezó a dolerle el cuello. Pero no podía moverse. Si se movía y la señorita Simms oía el crujido de los bombones, querría saber de dónde procedía aquel ruido.

Llevarse los bombones había sido mala idea. Lo único que podía hacer era comérselos cuanto antes para que no la pillaran. Pasado un siglo —o eso le pareció a Gertie—, la señorita Simms anunció por fin que era la hora del recreo.

Gertie esperó a que salieran todos al patio; luego, se levantó y caminó con mucho cuidado hasta el fondo del patio, donde nunca iba a nadie a jugar. Junior la siguió. Gertie miró en derredor. Cuando comprobó que estaban solos, se sacó la camiseta del pantalón y los bombones se desparramaron por el suelo.

—Ten —dijo lanzándole uno a Junior. El bombón rebotó en su pecho—. Ayúdame a comérmelos.

Junior tomó el bombón y empezó a darle vueltas entre sus manos.

—¿De dónde…? Oh, no —dijo, y soltó el bombón—. Oh, no, no, no. —Dio un paso atrás.

Gertie le quitó el envoltorio a uno atropelladamente. Se metió el bombón en la boca y empezó a masticar con ahínco.

—¿Cómo se te ha ocurrido? —Junior se llevó las manos a la cabeza.

Gertie tenía la boca tan llena que no pudo contestar.

—¿Qué estáis *haciendo?* —preguntó una voz chillona.

Mary Sue había aparecido de repente. Estaba detrás de Junior, mirando fijamente a Gertie.

Gertie se quedó petrificada, pero solo un segundo. Si se comía todos los bombones, no quedarían pruebas. Si se los comía todos, sería como si no los hubiera robado.

—¡Esos bombones no son para ti! —gritó Mary Sue—. ¡Son para los niños que se portan bien!

Su amiga Ella se acercó corriendo, pero se paró en seco al ver a Gertie.

—¡Los bombones suizos!

—¡Para inmediatamente! —ordenó Mary Sue—. ¡Voy a chivarme!

Pero no se movió.

Los demás niños empezaron a acercarse para ver qué pasaba, porque siempre pasaba lo mismo: cuando no querías ver a nadie, aparecía *todo el mundo*; era la primera ley del universo. Apartaron a Junior de un empujón y se congregaron en torno a Gertie, que empezó a comer más deprisa. Tenía que comerse todos los bombones. Si los engullía todos, dejarían de existir, y si alguien decía *Gertie ha robado los bombones* podría contestar *Demuéstralo*.

—¡Ahí va, mi madre! —exclamó Leo al ver el montón de bombones.

—¡Miradla! —les dijo Mary Sue—. ¡Mirad lo que está haciendo!

—Te la vas a cargar —dijo Ewan—. Te la vas a cargar de verdad. —Meneó la cabeza—. Te van a echar una bronca *de las gordas*.

—Ahora sí que eres Evangelina —dijo Ella—. Solo comes dulces.

Gertie seguía desenvolviendo bombones y metiéndoselos en la boca tan rápido como podía.

—A mí nunca me han dado uno —dijo June.

—¡Porque esos bombones no son para todo el mundo! —La cara de Mary Sue empezaba a ponerse roja—. ¡Son para los niños que se portan bien!

—*Yo* me porto bien —contestó June.

—¡Bah! —Mary Sue dio un zapatazo en el suelo—. Son para personas importantes. Eso quería decir.

—Pues yo tampoco los he probado —dijo Leo—. ¿Significa eso que *no* soy importante?

—¡No me refería a eso! —gritó Mary Sue—. Lo estáis haciendo todo mal. ¡Gertie lo está arruinando todo! —dijo señalándola con el dedo.

Gertie apoyó las manos en las rodillas y se inclinó hacia delante, respirando por la boca.

—Va a vomitar —predijo Ewan tranquilamente.

—Oye, Gertie —dijo Roy—, ¿a qué saben?

Gertie contestó con un gruñido. Había engullido los bombones tan deprisa que no le había dado tiempo a saborearlos.

Roy agarró uno y le quitó el envoltorio. El chocolate estaba medio derretido.

—¡Deja eso! —Mary Sue cerró los puños—. ¡No es para ti!

Roy no le hizo caso. Se metió el bombón en la boca y cerró los ojos.

—Mmmm —murmuró. Abrió los ojos—. Tiene esa suavidad suprema. —Se lamió los dedos—. En serio que sí. —Agarró otro bombón y se lo pasó a June—. Pruébalo.

Se oyeron susurros.

June desenvolvió el bombón y se lo metió en la boca. De pronto le relució la mirada y se llevó la mano a los labios.

—¡Son exquisitos! —masculló—. ¡Qué rico!

Gertie miró el montón de bombones que había sobre la hierba. No podía comerse ni uno más o explotaría. Pero Mary Sue iba a chivarse y a enseñarle los bombones a todo el mundo.

De repente se oyó la voz de Jean.

—Puedes hacerlo.

Todos miraron a Jean, pero ella ni siquiera los miró de reojo. Tenía la vista fija en Gertie.

—Vamos, Gertie —dijo en voz baja—. Puedes hacerlo.

Gertie tomó otro bombón.

—Vamos —repitió Jean.

Gertie le quitó el envoltorio al bombón. Se lo metió en la boca, masticó y tragó. Se llevó la mano a la tripa. Quedaban cuatro bombones.

—Va a vomitar —advirtió Ewan otra vez.

—Qué va —dijo Leo—. Venga, Gertie. Tú puedes.

—¡Basta! —gritó Mary Sue—. ¡Parad de una vez!

—¡Vamos, Gertie! —dijo June, y empezó a dar palmas.

Gertie miró a Jean, que asintió con la cabeza. Luego agarró otro bombón.

—¡Para! —Mary Sue giró sobre sus talones y corrió hacia el colegio, pero a Gertie no le importó.

Todo el mundo la animaba. Quedaban tres bombones. Los demás empezaron a vitorear:

—¡Ger-tie! ¡Ger-tie! ¡Ger-tie!

Dos.

Daba igual que fueran unos veletas. Iba a comerse los bombones por todos ellos. Por June y por Roy y por Junior y por Leo, y por todos aquellos a los que nunca les pedían que llevaran un papel a secretaría. Eran las ceras grises con las que nadie quería pintar. Los alumnos que no destacaban. Los que siempre quedaban los últimos, los don nadies con arañazos en las rodillas, y Gertie era su reina.

Se metió el último bombón en la boca. Luego hizo una bola con el envoltorio y lo tiró al suelo. *¡Toma!* Tambaleándose, levantó los brazos.

—¡Yujuuu! —gritó.

Roy también levantó los brazos. June y Jean se pusieron a saltar, abrazadas. Ewan aplaudió educadamente. Junior se tapó la cara con las manos, pero sonrió por detrás de los dedos. Y entonces, al otro lado del patio, Gertie vio que Mary Sue caminaba hacia ellos con paso decidido. La señora Simms iba detrás.

Gertie tragó, engullendo la última prueba de su crimen.

24
Todo el mundo mete la pata

—Eso es lo que quiere decir «suplente» —decía Mary Sue a todo aquel que quería escucharla, y a quien no quería—. Que, si la actriz que *iba* a hacer el papel está como una cabra y es una mocosa que se dedica a robar bombones, llego yo y salvo la obra.

Los alumnos de quinto iban saliendo del aula.

—Yo no debería haber sido la suplente, claro —continuó Mary Sue—, y ahora todo el mundo lo sabe —dijo en voz alta para que Gertie la oyera—. De todos modos, le he dicho a mi padre que no se haga muchas ilusiones. —Sacudió su pelo—. Porque la obra es una auténtica ridiculez. Pero por lo menos, estando yo, quedará mejor. Tenéis mucha suerte porque vais a conocer a mi padre, ¿sabéis?, así que…

La puerta se cerró detrás de Ewan pillándole el faldón de la camisa. Luego, el trozo de camisa desapareció y Gertie se quedó a solas con la señorita Simms mientras los demás se iban a ensayar con la nueva y odiosa Evangelina.

Aquel era su castigo: el castigo más cruel y estrafalario de toda la historia de los castigos.

Ya no era Evangelina. No era el Pepino, ni el Jamón. No era la que subía y bajaba el telón. Ni siquiera era la que iba por los pasillos con una linterna dando collejas a los que hacían ruido y fulminando con la mirada a los que mascaban chicle.

No era nada.

Se hundió en su asiento y abrió y cerró su guardapelo. *Clip, clap, clip-clap, clip-clap.*

En la parte delantera de la clase, la señorita Simms se acomodó un mechón de pelo detrás de la oreja. Al final había dado igual que Gertie se comiera o no todas las pruebas del crimen, porque los adultos no necesitaban pruebas para castigar a un niño.

El director la había castigado sin molestarse en escuchar su versión de la historia. No necesitaba testigos. Aunque todos, menos Mary Sue, juraban por su vida que no habían visto ningún bombón y que solo habían encontrado un montón de envoltorios dorados en el patio de recreo, lo que sucedía a veces, el director no les había creído. Ni siquiera le había *preguntado* a Gertie si había agarrado los bombones. Se había limitado a mirarla desde lo alto de su narizota grasienta y, enseñando los dientes, había gritado:

—¡Culpable!

O por lo menos eso había sentido Gertie. *Clip-clap*, hacía el guardapelo. *Tac-tac*, hacían los talones de

Gertie al golpear las patas de la silla. *Clip-clap*. Lo peor de todo era que su madre iba a ir a ver la obra. Y ella no haría ningún papel, y entonces su madre se daría cuenta de que había hecho bien al abandonarla y buscarse una nueva familia, porque Gertie no era la mejor alumna de quinto curso del mundo. Ni muchísimo menos.

Iba a fracasar en una misión por primera vez en su vida.

—¿Por qué no me preguntó si había agarrado los bombones? —balbució.

La señorita Simms levantó la vista de los deberes que estaba corrigiendo.

—No te lo pregunté —dijo— porque ya sabía la respuesta.

Gertie intentó replicar, pero la maestra la interrumpió.

—¡Gertie, estabas manchada de chocolate de la frente a la barbilla!

—¡Pero no me lo preguntó! —insistió Gertie con voz ronca—. Podrían…, podrían haberme tendido una trampa. Y nadie me preguntó *por qué* los había agarrado. A lo mejor tenía un buen motivo.

La señorita Simms apoyó la espalda en su silla, le puso la capucha a su boli y lo dejó encima del montón de papeles.

—Imagino que los tomaste para poder… *comértelos* —dijo con un encogimiento de hombros.

—¡Noooo! —exclamó Gertie—. ¡Comerse tantos bombones es muy *duro*! Nadie come tantos bombones porque le apetezca. —Apartó la mano de la mesa y cerró el puño—. Tenía la sensación de que iba a estallarme la tripa como... —Abrió de pronto la mano, estirando los dedos.

—De acuerdo, está bien —dijo la señorita Simms, y levantó una mano—. Como quieras. ¿Por qué lo hiciste, entonces?

—Porque... —La voz de Gertie se apagó sin que acabara la frase—. Porque...

Ahora que por fin se lo habían preguntado, se daba cuenta de que aquella era una de esas cosas que para ella estaban clarísimas y que, sin embargo, eran muy difíciles de explicar.

La señorita Simms esperó.

—¡Porque la señora Warner no iba a darme uno! —estalló Gertie—. Le da un bombón a todo el mundo, *a todo el mundo* que lleva un papel a secretaría. Pero cuando *yo* llevé el papel, no me dio uno, y eso no es *justo* —dijo poniendo mucho énfasis en aquella palabra para que la señorita Simms comprendiera que lo que había hecho la señora Warner estaba fatal. Pero la señorita Simms no podía entenderlo. Ella no estaba allí. No sabía lo que era eso.

—Entiendo —dijo la maestra.

—Usted no lo... —Gertie la miró—. ¿Qué?

—Que lo entiendo —repitió la señorita Simms con calma—. No te parece justo que la señora Warner dé bombones a unos alumnos y a otros no. —Hizo una pausa—. Y *no* parece justo, desde luego. Pero son *sus* bombones, así que es justo que haga lo que le apetezca con ellos. ¿No crees?

No, Gertie no lo creía en absoluto.

—Entonces, ¿es justo que la señora Warner me odie?

—Gertie —gruñó su maestra—, la señora Warner no te odia.

—Entonces, ¿cómo es que…?

—A lo mejor te habría dado un bombón si hubieras esperado un poco más —dijo la señorita Simms—. O quizá solo da bombones a quien se lo pide. O puede que estuviera pensando en otra cosa y se le olvidara.

A Gertie no se le había ocurrido esa posibilidad.

—Es mucho más probable que ocurriera una de esas cosas, y no que la señorita Warner te odie —añadió la señorita Simms—. Créeme.

A lo mejor —pensó Gertie— la señora Warner no la odiaba. Pero a la señorita Simms no le caía nada bien, eso estaba claro.

—Usted dijo que iba a dejar que llevara un papel a secretaría y luego no me dejó.

La maestra ladeó la cabeza y arrugó el entrecejo.

—Ayer mismo te pedí que llevaras un papel a secretaría.

—Fue hace meses —explicó Gertie—. Nada más empezar el curso. Dijo que podía llevar un papel a secretaría y luego mandó a Mary Sue. Y dijo que la próxima vez iría yo, pero no me lo volvió a pedir.

—No me acuerdo de eso —repuso la señorita Simms—. Pero seguro que tienes razón. Lo siento, Gertie.

Gertie estuvo a punto de replicar, pero no lo hizo.

Quería algo más que una disculpa. Quería que la señorita Simms reconociera que le caía mejor Mary Sue. Que dijera que se había *equivocado* y que ella, Gertie, tenía *razón*.

—Creía que si no me mandaba a secretaría era porque no le caía bien —dijo.

—¡Claro que me caes bien, Gertie! —exclamó la señorita Simms, y parecía sincera, pero era difícil saberlo con seguridad—. Me caes muy bien. Me caen bien todos mis alumnos. Aunque no los mande a secretaría.

—Entonces, ¿por qué elige siempre a unos y a otros no? —preguntó Gertie.

La señorita Simms entrelazó los dedos encima de la mesa.

—La verdad es que no he dedicado mucho tiempo a pensar en ello —dijo. Torció la boca y se inclinó hacia Gertie—. Entre tú y yo, nunca elijo a Roy o Leo porque sospecho que harán alguna trastada si los dejo ir solos por los pasillos.

—Pero todo el mundo quiere ir a secretaría. —Gertie cruzó los brazos—. Y usted manda siempre a los mismos. *Siempre* elige a Mary Sue. Nunca a June. Ni a Junior. Ni a mí. —Bajó la mirada—. Menos ayer.

La señorita Simms la miraba fijamente con expresión pensativa.

—Supongo que he metido la pata, ¿eh?

Gertie la miró extrañada. No estaba segura de haber oído bien.

—Todo el mundo mete la pata a veces —añadió la señorita Simms como si le hubiera leído el pensamiento—. Hasta los profesores.

—Pero se supone que los maestros no meten la pata. Ese es su trabajo: *no* arruinarlo.

—Pues, aun así, a veces lo hacemos.

La señorita Simms le sonrió como si aquello no le diera vergüenza ni la hiciera sentirse mal. Como si equivocarse y meter la pata no fuera razón para enfadarse. Como si fuera como tener hipo.

Era una idea fascinante, pero Gertie no podía permitirse meter la pata: tenía que encontrar la forma de demostrarle a Rachel Collins que era lo bastante buena para ella.

—A partir de ahora —dijo la señorita Simms—, procuraré que todos vayáis a secretaría. Tendré que encontrar la forma de acordarme de a quién le toca cada vez —añadió pensativamente, y luego meneó la cabeza—. Pero ya pensaré en eso más tarde.

Miró a Gertie como si esperara que dijera algo más, y entonces Gertie se dio cuenta de que se le estaban agotando los motivos para estar enfadada y las cosas que explicar.

Cruzó los brazos y apoyó la barbilla sobre ellos. Quizá —a lo mejor— a la señorita Simms todos sus alumnos le caían igual de bien.

—Qué tranquilo está esto, ¿verdad?, teniendo la clase para nosotras dos solitas —comentó la maestra al volver a agarrar su boli.

Y a lo mejor ella, Gertie, le caía superbién.

25
¡Codillo estúpido!

Montones de accidentes desafortunados podían impedir a Mary Sue actuar en la función. Podía, por ejemplo, tener un ataque de amnesia y olvidarse de su texto. O podía salirle un grano gigantesco en la nariz. O podía ponerse gorda de tanto comer comida basura para hacer de Evangelina. Tan gorda, que no cabría ya en el traje sin reventar las costuras. Y entonces todos le suplicarían a Gertie, que era la única que se sabía el texto, que volviera a ser Evangelina y ella aceptaría porque a fin de cuentas era una buena persona.

Tía Rae, sin embargo, no se hacía muchas ilusiones.

—Me parece que no es muy frecuente tener amnesia —dijo mientras le limpiaba la cara a Gertie con un paño—. Nunca he oído de nadie que la tuviera en la vida real.

—Pero yo estaré preparada por si pasa. Eso es lo que importa.

Tía Rae suspiró.

—¿Sabes, Gertie? Puede que ella..., que no venga. Quizá le surja algo.

Pero Gertie sabía que vendría. Lo había visto en los ojos de Rachel Collins. Estaría allí por ella, y eso significaba que Gertie tenía que encontrar la manera de volver a meterse en la obra.

Lo único que necesitaba era un grano gigantesco: un grano verde, a juego con los ojos de Mary Sue.

Solo tenía que seguir pensando en positivo.

Pero llegó el viernes, y a Mary Sue seguía sin salirle el grano.

La función era *esa* noche. Y si Gertie no estaba en el escenario cuando llegara Rachel Collins, todo se habría acabado. Gertie no podría arreglarlo por más que lo intentara.

El viernes por la tarde, en el último minuto de clase, Gertie estaba observando cómo gesticulaba Mary Sue mientras hablaba con Ella. No parecía que tuviera amnesia. Y tampoco se le habían reventado las costuras de la camiseta. Estaba tan perfecta como siempre. Todo había terminado. A no ser que..., a no ser que algo le sucediera a Mary Sue durante las pocas horas que faltaban para la función. A no ser que algo la detuviera.

—¿Qué vas a hacer?

Gertie pegó un brinco. A su lado, Jean parecía tan concentrada en su ejemplar de *La aventura de la lectura, 5.º curso* que a Gertie le extrañó que hubiera hablado.

—¿A qué te refieres? —preguntó en voz baja.

—Sé que tienes un plan. Vas a encerrar a Mary Sue en el armario del material de Stebbins, o a hacerle la zancadilla cuando salga al escenario. Para salir en la obra. —Jean levantó la vista del libro—. ¿Qué vas a hacer con ella?

Gertie no contestó.

—A mí puedes decírmelo, ¿sabes? —Jean arrugó el entrecejo—. Yo no voy a chivarme.

Podía encerrar a Mary Sue en el armario de Stebbins y nadie la encontraría, y entonces la obra tendría que seguir sin ella, y Gertie volvería a ser Evangelina.

—Ya sé que no vas a chivarte —dijo, y era verdad que lo sabía.

Sonó el timbre y Gertie agarró su mochila y echó a andar lentamente mientras los otros pasaban en tromba por su lado, gritando. Podía hacerlo justo antes de la función. Y entonces todo el mundo sabría que ella era desde el principio la mejor Evangelina. Pero...

Secuestrar a Mary Sue sería hacer trampas, se dijo. Y no solo como cuando hacía trampas jugando a las cartas. Si hacía trampas en su misión, ya nunca podría fiarse de sí misma.

Pero ¿y si no encerraba a Mary Sue en el armario y no conseguía hacer de Evangelina? Entonces *fracasaría* a pesar de haberse empeñado al máximo en su misión, y nadie sabría lo mucho que se había esforzado.

Cuando llegó al autobús, aún no había decidido qué iba a hacer.

—Si vas a hacer algo peligroso, avísame, ¿De acuerdo? —dijo Junior sacándola de sus cavilaciones—. ¿De acuerdo?

—No voy a… ¿Por qué cree todo el mundo que voy a hacer una barbaridad? —preguntó Gertie enfadada.

Agarró a Junior por los hombros y tiró de él hasta que sus narices quedaron separadas solo por un par de centímetros y tuvo que ponerse bizca para mirarle.

—¿Tan mala persona parezco?

Junior la miró entornando los ojos y ladeó la cabeza.

El Mercury se detuvo delante del colegio mientras la gente iba saliendo de sus coches y entrando en el edificio. Gertie se desabrochó el cinturón de seguridad.

—Voy a buscar aparcamiento y enseguida entro —dijo tía Rae—. Gertie, no creas que… Quiero que sepas que puede que no…

—¿Qué? —preguntó Gertie.

—No, nada —contestó tía Rae con un suspiro.

Gertie miró a Audrey, que estaba en el asiento de atrás, y a tía Rae, que estaba en el de delante, y luego miró el reloj del salpicadero y vio que tenía diez minutos para hacer… algo. Volvió a mirar a tía Rae. Se había pintado los labios de morado, y le quedaba muy bien.

—¿Sabes de qué acabo de darme cuenta? —preguntó su tía de repente.

Gertie hizo un gesto negativo con la cabeza.

—De que he estado enfadada con tu madre desde que te dejó —dijo tía Rae—. Tan enfadada que me subía por las paredes. Nunca he podido entender cómo una mujer puede abandonar a su bebé porque no le apetece criarlo. Y sigo sin entenderlo. Pero acabo de darme cuenta de que la razón no importa. Debería tenerle muchísimo aprecio a esa mujer porque te dejó conmigo. Y eso es lo mejor que me ha pasado nunca.

Gertie no supo qué decir.

—Dales duro, cariño —dijo entonces tía Rae.

A eso, Gertie sí supo cómo responder. Asintió, abrió la puerta del coche y descendió de un brinco. Cruzó el patio del colegio a la carrera, estirando las piernas todo lo que podía, y pasó volando junto a los padres y los alumnos que se dirigían hacia el edificio. Después, se abrió paso entre un gentío de adultos que esperaban junto a la puerta pertrechados con grandes cámaras, lo cual le extrañó, pero no tuvo tiempo de pararse a pensar en ello.

Entre bastidores, los niños correteaban de acá para allá con sus trajes puestos. Ella, que iba vestida de Pepino, jugaba a dar patadas a una pelota con alguien que iba envuelto en papel de celofán morado para parecer un caramelo. Las madres blandían botes de pegamento y de laca. Los maestros deambulaban entre el alboroto poniendo mala cara a los alumnos que se reían y diciéndole a todo el mundo que bajara la voz *o, si no...*

Gertie se abrió paso entre la multitud hasta que por fin encontró a Stebbins ayudando a June a colocarse un sombrero verde y flácido con el que supuestamente parecería una col de Bruselas.

—Stebbins —dijo Gertie—, Stebbins, estoy aquí. ¿Qué puedo hacer?

La profesora se sacaba horquillas del moño canoso como un mago que se sacara pañuelos de la manga y las clavaba en la cabeza de June. El sombrero verde estaba algo torcido.

—¿Eso es higiénico? —preguntó June—. No creo que sea higiénico. Mi madre dice que… *¡Aay!*

Stebbins clavó una última horquilla y dio un tirón al sombrero.

—Así estará bien sujeto.

A June se le saltaron las lágrimas. Gertie se plantó delante de Stebbins.

—Ahora no, señorita Foy —le dijo Stebbins.

—Pero…

—Esta noche es la culminación de muchas semanas de trabajo. El cumplimiento de mi visión —dijo la profesora—. Le sugiero que se aparte de mi camino.

La mayoría de los niños habrían huido a todo correr. Gertie, en cambio, plantó firmemente los pies en el suelo.

—¿No quiere que haga nada?

Stebbins chasqueó la lengua. Luego dijo:

—Busque a Mary Sue Spivey y dígale que venga aquí.

Gertie se puso de puntillas y, dando media vuelta, escudriñó las caras que había a su alrededor. No vio ninguna melena rubia y sedosa. Ni tampoco un par de ojos verdes y chispeantes. Mary Sue Spivey no estaba presente.

El conductor del autobús chocó con una madre armada con un bote de pegamento, pero ni siquiera pareció notarlo. Movía los labios mientras leía una copia del guion. Iba a ser el narrador de la obra. Gertie pensaba que era un suertudo porque aquel era un papel muy importante, pero él parecía nervioso. Ya se había comido medio palillo.

—¡No la veo! —exclamó Gertie volviéndose de nuevo hacia Stebbins—. Así que, ¿puedo actuar yo en su lugar?

Una horquilla de moño brilló peligrosamente cerca de su ojo.

—Búsquela y dígale que tengo que ver cómo lleva el traje.

Gertie se alejó de Stebbins y chocó con Roy, que iba tropezándose con todo el mundo porque llevaba puesto un disfraz de codillo de cerdo gigante hecho con alambre y fieltro de color rojo.

—¡Stebbins, no quiero ser el Codillo! —exclamó.

—Peor para ti.

—¡No puedo hacer de codillo delante de Jessica Walsh! —añadió Roy haciendo aspavientos.

—Por lo menos tú no eres la Patata —comentó Leo.

—¿Jessica Walsh? —Gertie se paró en seco—. ¿Qué pasa con Jessica Walsh?

—Pero ¿tú dónde te has metido? —preguntó Leo—. Jessica Walsh está *aquí*. En nuestro salón de actos.

Gertie corrió a un lado del escenario, donde una docena de niños habían arrinconado a Junior contra la pared y se esforzaban por asomarse más allá del telón. Gertie apartó a Ewan de un codazo.

El salón de actos estaba repleto de gente, pero en la primera fila Gertie vio a la madre de Mary Sue y, a su lado, a un hombre que tenía que ser el padre de la chica. Y al otro lado del hombre estaba, en efecto, Jessica Walsh en carne y hueso. Sonreía, y Gertie alcanzó a ver el brillo de sus dientes blanquísimos desde detrás del telón. Era idéntica a sus figuritas, solo que más grande y más blanda. El público murmuraba y rugía, y el nombre de *Jessica Walsh* oscilaba como un corcho mecido por un mar de sonido.

—El encargado del telón soy *yo* —decía Junior—. Tenéis que apartaros. Estáis pisando la cuerda.

Pero nadie la hacía caso.

Gertie recorrió el salón de actos con la mirada y se detuvo al ver a tía Rae y Audrey en la tercera fila. Audrey estaba de pie en su silla. Tía Rae leía su programa guiñando los ojos. Al lado de Audrey había dos asientos vacíos que tenían reservados: uno para ella, por si acaso no conseguía ser Evangelina, y otro para Rachel Collins. Gertie había hecho prometer a tía Rae que le guardaría el asiento. Pero estaba vacío. Su madre no había llegado aún.

Había *dicho* que iba a venir. De pie en medio del tumulto de sus compañeros de clase, Gertie empezó a dudar. Lo había dicho, ¿verdad? Tenía la impresión de que sí. Cuando Rachel Collins la había mirado, Gertie había tenido la certeza de que le estaba prometiendo que vendría. Pero ¿qué había dicho exactamente?

Tal vez no había venido porque había ocurrido algo espantoso. Podía, por ejemplo, haberse olvidado de la hora. O quizá Walter se había quedado atascado en la bañera y ella estaba intentando sacarlo con una palanca. O quizá se dirigía a la escuela y unos ladrones habían asaltado su coche, y en este momento se estaba librando de ellos.

—Jessica Walsh. Es guapísima —suspiró Roy, y un trozo de alambre de su disfraz arañó la cara de Gertie—. Ojalá todas las niñas fueran como ella.

—Mira que eres idiota —replicó June.

—*Tú* sí que eres idiota —contestó Roy—. Eso es lo que te pasa.

—¿Ah, sí? Pues ¿quieres saber qué es lo que te pasa a ti? —dijo June.

—No —respondió Roy—. No quiero saberlo.

Debajo del sombrero verde, June se puso muy colorada.

—¡Codillo estúpido!

Roy acercó la cara a la suya.

—Brócoli gordinflona.

—¡Soy *una col de Bruselas*! —June le dio un empujón.

—¡Eh! —gritó alguien.

—¡Me estás pisando! —chilló una niña.

—¡Mi telón! —exclamó Junior.

Gertie se alejó del tumulto notando un zumbido en el cerebro. No podía pensar en Jessica Walsh: tenía que concentrase en su misión. Si Mary Sue no aparecía, ¡podría hacer de Evangelina!

—¿Ha visto a Mary Sue? —le preguntó a una madre provista de un bote de laca.

La mujer negó con la cabeza.

—¡¿Mary Sue?! —gritó Gertie.

Se asomó a una de las clases de primer curso que estaban utilizando como vestuario. Mary Sue no estaba allí. La madre y el padre de Mary Sue estaban entre el público. Así que Mary Sue tenía que estar por allí. Pero no estaba. Era imposible. Era un milagro. Era la mano de Dios, que estaba premiando a Gertie por no encerrar a Mary Sue en el armario. ¡Iba a ser Evangelina!

Aquello era la solución a todos sus problemas.

Gertie abrió la puerta de los aseos y asomó la cabeza.

—¿Hola? —llamó.

Esperó, contando *Un Misisipi, dos Misisipis…* No hubo respuesta. Mary Sue tampoco estaba allí. ¡Bien!

Pero al salir, cuando la puerta se cerró tras ella, oyó una especie de graznido.

Quizá se lo hubiera imaginado. Quizá no fuera nada. Se volvió hacia la zona del escenario para ir a buscar a Stebbins y decirle que Mary Sue no aparecía por ninguna parte y que ella, Gertie Reece Foy, tendría que hacer de Evangelina.

Pero Gertie no soportaba los «quizá». Dio media vuelta y abrió otra vez la puerta de los aseos. Entró en el de chicas. Jean estaba de pie junto a unos de las puertas de los retretes, pasándole un puñado de papel del váter a alguien. Gertie avanzó un poco para averiguar quién era ese alguien.

Mary Sue estaba sentada en la taza del váter, llorando. Y no lloraba con sus hermosas lágrimas de diamante. Gertie había sabido desde el principio que aquellas lágrimas de diamante eran en realidad lágrimas de cocodrilo. Ahora, Mary Sue tenía la cara colorada y los ojos tan hinchados que casi no podía abrirlos.

26
Más papel del baño

No tenía, desde luego, ningún grano de tamaño descomunal, pero estaba hecha una calamidad, con la cara toda manchada de lágrimas y espectacularmente hinchada.

—¡Mar-marchaos! —Mary Sue se secó los ojos con un manojo de papel higiénico.

Jean se encogió de hombros mirando a Gertie y su gesto surtió un efecto emocionante, porque llevaba puesta una sudadera forrada de latas de refresco vacías. Cubrían por completo su chaqueta como una armadura de combate casera.

—¿Qué pasa? —preguntó Gertie.

—¡No pasa nada! —Mary Sue se restregó la cara.

Gertie miró la puerta del aseo, que acababa de cerrarse. Todavía se oía el murmullo del público en el salón de actos. Se volvió hacia Mary Sue.

—¿Te duele algo o qué?

—¿Y a ti qué te importa? —sollozó Mary Sue—. No has parado de acosarme desde que llegué aquí. Me odias desde el principio. Seguramente quieres que me *muera* —dijo, y le dio el hipo.

Antaño —hacía unos dos minutos—, Gertie *había* creído que le gustaría ver a Mary Sue llorando a moco tendido en un cuarto de baño lleno de gérmenes. Pero ahora que estaba allí, viéndola retorcer trozos de papel higiénico entre las manos, se dio cuenta de que aquello no le gustaba ni pizca.

—Creía que estarías contenta —dijo—. Porque Jessica Walsh está aquí, ¿sabes?

Jean meneó la cabeza.

Mary Sue dejó escapar un ruido a medio camino entre un sollozo y un alarido, y Gertie dio un paso atrás y chocó con el lavabo.

—Claro que sé que *está* aquí. M-mi padre la-la ha traído desde Los Ángeles.

—Su padre ha venido desde California —susurró Gertie, porque aquello le parecía increíble: que tu padre cogiera un avión y cruzara el país para ir a ver la horrible función de Stebbins.

—Pues no sé para qué se ha molestado. —Mary Sue hablaba como si estuviera muy acatarrada—. Jessica Walsh es más su hija que yo. ¿Sabías que vino a mi fiesta de cumpleaños y que se puso a firmar autógrafos mientras partíamos la tarta y que todo el mundo estaba tan *alucinado* con ella que se derritió el helado?

—Umm —dijo Jean.

Gertie tampoco supo qué decir.

—Qué mal, ¿no?

Mary Sue no les hizo caso.

—Y aunque sa-saque buenas notas no importa, porque Jessica Walsh también las saca, y ni siquiera va al colegio de verdad. —Mary Sue siguió convirtiendo el papel higiénico en confeti que se desparramaba por el suelo—. Y si actúo bien en la obra, a nadie le va a importar, porque Jessica Walsh ya-ya era actriz antes que yo y... —Mary Sue se limpió la nariz con el dorso de la mano—. Y después de la función le dirá a todo el mundo lo que he hecho mal y que *ella* lo habría hecho mejor.

Jessica Walsh parecía una de esas personas que se merecían que les restregaran la cara con tierra. Gertie miró a Jean pensando que le tocaba a ella decir algo para animar a Mary Sue.

—Podría ser peor —dijo.

—¿Qué? —Mary Sue levantó la mirada.

—Quiero decir que esto es un rollo, pero ya sabes..., podría ser peor.

Gertie sabía que Jean lo estaba intentando, pero la verdad era que no se le daba nada bien animar a la gente.

—*Ya* es peor —contestó Mary Sue—. ¿Puedes traerme más papel del baño?

¿Qué clase de persona decía «papel del baño»? Una persona como Mary Sue Spivey, supuso Gertie.

Jean entró con su cargamento de latas en otro retrete vacío y arrancó por lo menos un metro y medio de papel higiénico.

—Mi madre dice que no vamos a volver a California. —Mary Sue se secó la cara—. Dice que aquí está haciendo un trabajo *muuuy* importante. Y que vamos a vivir aquí, en esta ciudad asquerosa, si es que se la puede llamar ciudad. Pa-para siempre.

—Caramba.

—Sí, ya —convino Mary Sue, y se miró los pies—. Le he dicho que me iba a vivir con mi padre. Pero..., pero mi padre dice que es mejor que me quede aquí. Porque..., porque van a divorciarse —añadió hipando otra vez—. ¿Cómo pueden hacerme esto? —sollozó.

Gertie no sabía qué decir.

—Bueeeeno... —Jean las miró a las dos—. ¿Y qué vas a hacer ahora?

—El espectáculo debe continuar. Supongo que tendrás que hacerlo tú —contestó Mary Sue mirando a Gertie—. Qu-qué bien. Yo me quedaré aquí sentada mientras tú me robas el papel.

—¡Yo no quiero *robarte* el papel! —exclamó Gertie, y su voz retumbó en las paredes del aseo—. Además, *yo* era Evangelina antes que tú.

Mary Sue movió una mano.

—Tú le caes mejor a todo el mundo. Piensan que eres maravillosa, aunque seas una persona horrible y no sepas nada del petróleo ni del medioambiente ni de...

—¡Yo no soy una persona horrible! —exclamó Gertie.

¿Mary Sue pensaba que *ella* le caía mejor a todo el mundo? Desde el principio había intentado ganarle a

Mary Sue, y ahora resultaba que Mary Sue había intentado ganarle a ella para poder lucirse delante de Jessica Walsh. En fin... Lo que debería haber hecho sería restregarle la cara con tierra a aquella engreída.

En ese momento, Gertie comprendió por fin lo que acababa de decir Mary Sue.

—Espera, ¿quieres que haga yo de Evangelina? —preguntó.

—Claro que no *quiero*. Pero yo no puedo actuar, y tú eres la única que se sabe el papel.

Era verdad: Gertie todavía se sabía el papel. Del derecho, del revés y de costado. Podía hacerlo.

—La función debe continuar, como tú has dicho.

Mary Sue sorbió por la nariz. Jean se encogió de hombros y sus latas tintinearon.

Gertie no podía creer que al final todo fuera a salir bien. Por eso nunca había que darse por vencida. Pero tenía que prepararse para el instante en que su madre se daría por fin cuenta de que era una estrella. Se imaginó la cara que pondría Rachel, cómo le sonreiría desde las butacas. Se le arrugarían los ojos, y por fin sabría que Gertie se había convertido en la alumna de quinto curso más alucinante del mundo.

Mary Sue acababa de decir que ella le caía mejor a todo el mundo, que todos creían que era maravillosa. No era verdad. La gente era muy veleta. Pero a su madre le gustaría Evangelina. A todo el mundo le gustaba Evangelina. De eso se trataba.

Gertie sabía que su padre le habría dicho que no tenía por qué cambiar para gustarle a alguien.

Agarró su guardapelo. Su padre estaba en la plataforma petrolífera. Era ella quien tenía que tomar la decisión, porque su padre estaba muy lejos. Aunque las distancias eran muy extrañas. El padre de Mary Sue había cruzado todo el país en avión para ver actuar a su hija. Ella, en cambio, había tenido que suplicarle a su madre que cruzara en coche la ciudad para ir a verla. Tal vez por eso Rachel Collins se había quedado en la calle Jones y no había ido más lejos. Porque quizá cuatro kilómetros podían ser más que cuatro mil.

Gertie metió la uña del pulgar en la ranura del guardapelo y miró la pequeña fotografía que contenía. Era la foto de un bebé en las manos de una mujer. Se había esforzado más que nunca para que Rachel Collins supiera que ella era importante, y ahora se daba cuenta de que quizá Rachel Collins no merecía tanto esfuerzo.

—Tú puedes hacerlo —dijo. Cerró el guardapelo y lo soltó.

Mary Sue la miró.

Gertie respiró hondo. Sabía que Rachel Collins se sentiría orgullosa de ella si hacía de Evangelina. Pero quería que su madre se enorgulleciera de ella por ser como era, nada más.

—Puedes hacerlo —repitió—. Tienes que ser Evangelina. Tu padre ha venido a verte. Y Jessica Walsh te pondrá verde si no lo haces.

—Sí —dijo Mary Sue—. Es verdad. No sabes lo mala que es.

—Nos lo imaginamos —dijo Jean.

—¿Estás segura? —preguntó Mary Sue.

Gertie asintió y Mary Sue levantó las cejas asombrada, como si viera a Gertie por primera vez. Y aunque tenía muchas cosas en la cabeza, al ver la cara que puso Mary Sue, Gertie no pudo evitar sentir que era una especie de bondadosa hada madrina. Casi se sintió brillar.

Mary Sue se levantó. Se miró al espejo y le tembló el labio.

—No puedo —gimió—. Estoy horrible.

—No estás tan mal —dijo Jean—. Podría ser peor.

—Espera. —Gertie recogió la mochila de Mary Sue, que estaba en el suelo, y echó un vistazo dentro.

Jean levantó las cejas al ver la cantidad de brochas, tubos y botes que había dentro.

—Tenemos que ponerte presentable —dijo Gertie, y agarró una esponjilla.

Metió la esponjilla dentro de un estuche de maquillaje, la movió un poco y empezó a restregar con ella la cara húmeda de Mary Sue, dejando pegotes que parecían copos de maíz tostados.

Mary Sue se puso a toser.

—¡Para! ¡Para!

Jean se agachó y, esquivando las latas de refresco que colgaban de su sudadera, recogió el vestido de Evangelina.

—¿Qué haces? ¡Vas a arrugarlo! —Mary Sue se lo arrancó de las manos.

Gertie agarró un cepillo. Iba a peinar a Mary Sue y a darle, de paso, un buen tirón de pelo. Era ese tipo de hada madrina.

27

Soy gordito y delicioso

El salón de actos estaba a oscuras. El aire parecía cargado de humedad por el aliento de padres y abuelos orgullosos, hermanos aburridos, maestros cansados, familiares venidos de lejos y ancianos achacosos. Gertie avanzó por la tercera fila pasando por delante de rodillas y tropezándose con zapatos.

Se alzó el telón y un aplauso cortés recorrió la multitud. Gertie pasó por delante de tía Rae. Audrey se acurrucó de lado en su butaca para dejarle sitio. Gertie se dejó caer en su asiento con un ruido sordo.

—¡Chist! —dijo alguien detrás de ella.

—¿Va todo bien? —susurró tía Rae.

—Sí —respondió Gertie en voz baja.

—¡Chist!

Mary Sue salió al escenario. Llevaba tanto maquillaje que tenía la cara blanca y grumosa como la harina, y los ojos todavía hinchados de tanto llorar. Se quedó mirando al público. Mucho rato. Tanto, que

Gertie empezó a pensar que había olvidado lo que tenía que decir. Luego, sus ojos se posaron en Jessica Walsh y de pronto enderezó la espalda y levantó la barbilla.

—Soy Evangelina —anunció con voz nasal y retumbante—. Y soy muy golosa.

Sonrió y se señaló la boca.

Todos los espectadores suspiraron al unísono. Empezaron a disfrutar de la obra y un momento después la mitad de los compañeros de clase de Gertie salieron al escenario disfrazados de caramelos, refrescos y comida basura. El Codillo avanzó lentamente por el proscenio con los brazos colgando.

—Soy gordito y delicioso —dijo Roy con voz monótona—, pero no beneficioso.

Cuando Evangelina se incorporó después de su grave enfermedad, frotándose los ojos, y sonrió a sus nuevos y saludables amigos, y les dio las gracias por salvarla y acabar con toda la comida basura, el público le dedicó una gran ovación. El señor Spivey se puso en pie para aplaudir, lo que estuvo muy bien. Aunque tenía los brazos muy flacuchos. Claro que no todo el mundo podía tener un padre grande y fuerte como el suyo, se dijo Gertie.

Tía Rae posó la mano sobre su rodilla. Gertie miró sus dedos arrugados y puso la mano sobre la de su tía. Al otro lado, Audrey se retorció en su butaca para ver qué hacían. Entonces se subió encima de Gertie clavándole las rodillas en la tripa y le dio sin querer un codazo en la nariz.

—*Ay*—gruñó Gertie.

Tendida sobre su regazo, Audrey también puso la mano sobre la rodilla de tía Rae.

—¡Chist! —susurró la persona sentada detrás de ellas.

—Calladitas como ratones —le dijo Audrey en voz baja a Gertie.

Gertie vio a Junior, que tiraba de las cuerdas que controlaban el telón; a Mary Sue de pie frente a Jessica Walsh, levantando airosamente la barbilla; a Roy, con la cara muy colorada bajo su disfraz de codillo asado; y a Jean, muy seria con su sudadera forrada de tintineantes latas de refresco. El reparto al completo salió a escena para saludar una última vez.

La butaca contigua a la de Audrey seguía vacía. Gertie intentaba no mirarla. Por primera vez en su vida había fracasado en una misión. Había hecho todo lo que se le había ocurrido, y hasta se había portado bien con la robasitios… Y, aun así, había fallado.

La señorita Simms había hablado como si meter la pata y liarla fuera algo sin importancia, una cosilla de nada. Pero no lo era. La verdad era que daba dolor de barriga. Gertie dejó escapar un largo suspiro. Quizá la señorita Simms tuviera más práctica que ella.

En el escenario, los actores hicieron una reverencia y el público se puso en pie y aplaudió. Tía Rae también se levantó.

La mayoría de los niños, de haberse encontrado en el lugar de Gertie, no habrían vuelto a embarcarse en una misión. Habrían hecho lo que les decía todo el mundo y habrían dejado de tener sus propias ideas. Se habrían cruzado de brazos y se habrían negado a aplaudir a aquella Evangelina que hablaba con voz gangosa y decía cosas como «papel del baño».

Pero Gertie no era ni sería nunca como la mayoría. De un salto, se puso de pie sobre su butaca y comenzó a aplaudir con todas sus fuerzas. Porque, al final, Gertie era siempre ella misma.

Epílogo.
¡Viva, viva, viva!

La rana toro estaba agazapada debajo del matamoscas electrónico. Esperaba que algún bicho entrara volando en el gran fanal azul y muriera achicharrado de un chispazo.

Moscas fritas para mí, cantaba la rana. *Bichitos asados. Gusarapitos bien cocinados. ¡Viva, viva, viva!*

El autobús amarillo —el Gran Revientarranas— se detuvo con un chirrido delante de la casa. La niña cazarranas cruzó corriendo el jardín, levantando polvo con sus sandalias.

—¡Dales duro, cariño! —bramó una voz tras ella.

La niña se metió de un salto en la panza del autobús. Volvería, la rana toro lo sabía. Siempre volvía. Pero por ahora estaba a salvo.

Levantó los ojos hacia la lámpara azul. La Rana Zombi estaba en casa, y todo era perfecto.

PUCK

AVALON

Libros de *fantasy* y *paranormal* para jóvenes con los que descubrir nuevos mundos y universos.

LATIDOS

Los libros de esta colección desprenden amor y romance. Ideales para los lectores más románticos.

LILIPUT

La colección para niños y niñas de 9 a 14 años, con historias llenas de aventuras para disfrutar de verdad de la lectura.

SERENDIPIA

Una serendipia es un hallazgo inesperado y esto es lo que son los libros de esta colección: pequeños tesoros en forma de historias contemporáneas para jóvenes.

SINGULAR

Libros *crossover* que cuentan historias que no entienden de edades y que puede disfrutar tanto un niño como un adulto.

¿Cuál es tu colección?

Encuentra tu libro Puck en:
www.mundopuck.com

 puck_ed
 mundopuck